JN228878

生活魔術師達、
世界樹に挑む
丘野境界
Kyokai Okano
Illustration 東西
宝島社

《シルワリェス》
《マルティン・ハイランド》
《ソーコ・イナバ》
《キーリン》

《ケニー・ド・ラック》
《フラム》
《リオン・スターフ》

《ナチャ》
白を基調とした緩やかな衣装は、
神秘的なモノを感じられた。
彼女が、この世界樹の上層に棲むという
蜘蛛の霊獣ナチャなのだろうか。

Life magicians, challenge the world tree

生活魔術師達、世界樹に挑む

丘野境界
Kyokai Okano
Illustration 東西
comic 川上ちまき

宝島社

Life magicians, challenge the world tree

CONTENTS

CHARACTERS

キャラクター紹介

ケニー・ド・ラック

マイペースで面倒くさがり。
奇跡の神子として敬われていたが、巡り巡って
義理の親である神秘学者に引き取られた。
『七つ言葉（セブン・ワード）』という文字数制限ありの音声認識で、
願望を具現化するチート魔術を使う。

ソーコ・イナバ

十二歳ぐらいに見える妖狐族の少女。
気難しく、頑固で負けず嫌い。感情が尻尾に出る。
東の果ての国ジェントからの留学生で、
被っている狐面は魔力を制御する機能がある。
使用する『時空魔術』は基本、収納がメイン。

リオン・スターフ

温厚で常識人。実は隠れファンが多い。
自ら魔女に弟子入りしたが、田舎に住んでいる
師匠が怖い。実家は農家で、今も仕送りをして
いる。動物やモンスターの素材から使い魔を生
み出す事ができる呪術が得意。

戦闘魔術科

ゴリアス・オッシ

元宮廷魔術師。戦闘魔術科の科長であり、学年主任。何事も派手にしたがり、生活魔術科を下に見ている。

生活魔術科

カティ・カー

指導能力抜群の、生活魔術科の科長。小心者で、押しに弱くお人好し。家族揃ってなし崩し的に十年ほど魔王討伐軍の復興支援部隊を手伝っていた。

森妖精（エルフ）の郷

キーリン

世界樹の手前の森で知り合う、森妖精の少女。

実は周囲に隠している秘密がある。

猪突猛進で悪戯好き。

世界を見て回りたいと思っている。

シルワリェス

生活魔術師達に、エルフの郷を案内してくれる森妖精。

貴重な常識人枠（ツッコミ担当）。

狩猟に関しては森妖精の中でも結構な腕利き。

結婚相手募集中。

偉大な（?）方々

ナチャ

世界樹の高所を居住にしている、アラクネの霊獣（人間でいえば仙人のようなモノ）。

有能だが、面倒くさがり。

世界樹を祀る司祭を務めており、百年に一度ある世界樹の花見の指揮を執ったり、収穫祭を監督していたりする。

ボルカノ

火の龍神で、神と並ぶ伝説的な生物。清掃業務を依頼したことで、リオン達と知り合う。

フラム

ボルカノの娘。散歩が大好き。何でもよく食べ、リオン達に懐いている。敵意察知の感性の高さから、火龍の娘の片鱗が窺える。

ティティリエ

海底都市の女帝。基本無表情で無口、ラスボスオーラが漂う美女。本気になれば津波や海流の操作も余裕な力の持ち主。

巻頭特典

描き下ろしマンガ

生活魔術師達、夜食に挑む

ノースフィア魔術学院
学院内では明日の『双月祭』を控え――
遅くまで準備をする生徒達で活気づいていた
わいわい
がやがや
もちろんそれは生活魔術科も例外ではなく…
ズズッ…

【第四食堂】
セッティングが
完了した！
メニュー
…こんな
ものかしら
ケニー
仕込みはまだ
終わらないの？
もう
ちょっとだ
ったく
ホント食には
妥協しないわね
どんだけ
煮込むのよ

ぴぃ！
ガチャ
フラム…リオンはどこ？
どどよ〜ん
暗！
何してるのよ…
ヴォン
めそ
めそ…
だって明日お客さんくるか心配で心配で……

今更そんなこと言っても…
そんなに心配なら
軽く保険でもかけておこうか？

その頃
戦闘魔術科
では……
『月華』用の
アイテムに
魔力充填
しておけよ
アリオスー
装備ここに
固めとくぞ
おう
ぐごるるるる

腹へった…
ワーキン何か
持ってねえか
ガクッ
下品な
音ねー
ないわよ
さっきあった
非常食は？

んなもん
とっくに食っ
ちまったよ

何かしら…
イイ匂い…

きゅるるるる

何も
いってねー
だろ!?

オホンッ
こっちから
匂いが…
うお!?
だれかの
使い魔か…
…ん…?
第四食堂
ちょっとはやめの
お夜食スープ販売中
『第四食堂』にて!!
ごくっ…

ぞろ
ぞろ…
わわ!
お客さん
いっぱいきた!
ぐぎゅるるる
ここだ〜
ぐぅ〜
ぐごー
学院の三箇所に
『影人(シャドウ)』をバラ
まいたからな
※夜は『影人(シャドウ)』の活動範囲も
広くなるぞ!
『匂い強化』
おぉおぉおぉ
ケニーくん!
これ以上は危険な
気がする…!

一杯一カッド
お釣りの用意は
ないわよ
大きいお金しか
ない人は友達に
頼んでね

トン。

うまいな
これ…
食べ終わっ
ちゃった…
早っ!

あら
回収に
来たの?
キュ

デイン・オーエン：元戦闘魔術科の生徒

開店前に行列――!?
ぞろぞろぞろ～
ハラへった!!
第四食堂
臨時で早朝営業してみたら
予想以上に繁盛したな
はははは
こんなにお客さんさばけるのかな～～～!?
ハァ
今度は別の意味で心配になったリオンであった

おしまい。

第一話　生活魔術師達、世界樹に向かう

早朝。世界樹の麓にいくつか存在する、森妖精の郷の外れ。

森妖精の青年である、シルワリエスは大きくのびをし、澄んだ空気を吸い込んだ。

「んー……」

絶好の狩猟日和だ。指を組み、世界樹に向けて、膝を突く。

「世界樹の恵みに、今日も感謝いたします」

祈りを捧げ、顔を上げる。いつもと同じ、青々と茂った葉が……。

「あれ……？」

シルワリエスは、目を瞬かせた。何か、いつもと葉の色が違う。

目をこらしてみた。いつもの葉の中に、ごくわずかに混じる異なる色の葉。

「あれってもしかして……」

緩やかに虹色に輝く葉が、世界樹に混じっていた。

それに気づき、シルワリエスは自分の住む郷に向かって駆け出した。

「大変です！　長老！　ちょーろー！　花！　花が咲く！　世界樹に花が咲きますよーーーーっ!!」

ノースフィア魔術学院、大会議室。

議長を務める召喚魔術科の科長が、声を上げた。

「それでは次の議題に移ります。森妖精（エルフ）の郷への魔術研修についてですが――」

黒板に記されていた文字が魔術によって一瞬で、地図に切り替わる。

この魔術学院から、西にある世界樹への経路（ルート）が記され、ところどころに区切りとなる移動の行程が刻まれていた。大テーブルを囲む科長達は、手元の書類をめくった。

「スケジュールの方は、ご覧の資料の通りとなっています。それで……ええと、生活魔術科は例年通り、他の魔術科とは別行動を取る形となってしまいますが、よろしいでしょうか」

少し遠慮がちに、召喚魔術科の科長サイモンが生活魔術科科長であるカティ・カーに声を掛けた。

「はい。各商会に用意してもらった必要物資の引き取りと、運搬ですね」

「そ、そうです」

カーの穏やかな反応に、サイモンはホッと息をついていた。

スッとそこに手を上げたのは、戦闘魔術科の科長、ゴリアス・オッシである。

「その件だが、何も問題はない。生活魔術科が遅れることについては事前に話し合い、運搬の費用を払うことで納得してもらっている」

「そ、そうですか……」

ハンカチで額の汗を拭きながら、サイモンが頷く。

オッシはそれを横目にしながら、小さく呟いた。

「……というか、そうせざるを得なかったというのもあるのだ」

「オッシ先生、何か？」

「いや、何でもない。話を続けてくれたまえ」

「はい」

サイモンが議題を進めている間、オッシはこの会議が行われる前の『話し合い』を思い出していた。


小会議室。その名の通り、大会議室よりもやや小さな会議室であり、上座にゴリアス・オッシ、下座にカティ・カーが向かい合っていた。

もっともこれは、それぞれの立場とは関係なく、単に早い者順だっただけである。

そして、カーの左右には、生活魔術科の生徒である、ケニー・ド・ラックとソーコ・イナバが立っていた。

「どういう風の吹き回しかしら」

顔の上半分を隠す狐面で表情は分からないが、おそらく半目だろうソーコが呟いた。

それを窘めるように、ケニーが肩を竦める。

「……いや、本人目の前にして、そういうこと言うなよ、ソーコ」

「だってこの人、生活魔術師なんて雑用係で、俺達の言うことを聞いていればいいんだみたいな態度だったじゃない」

　一応は小声だが、会議室の中、喋（しゃべ）っているのがこの二人だけなので、嫌でもオッシの耳に入っていた。

「聞こえているぞ、ソーコ・イナバ」

「そりゃ、普通に喋ってるもの。聞かれてまずいことなんて、言ってないし」

「……ケニー・ド・ラック」

　何とかしてくれ、とオッシはケニーに視線を向けた。オッシの気持ちは伝わってくれたようで、ケニーはやれやれと首を振り、再びソーコに声を掛けた。

「気持ちは分かるが、今ここでオッシ先生を怒らせてもしょうがないだろ、ソーコ。この話し合いに同席してもらったのは、生活魔術科の予算が絡んでるからなんだ。戦闘魔術科と敵対するためじゃない」

「しょうがないわね。じゃあ、私は喋る算盤（そろばん）ぐらいに思ってて」

「そうする。じゃあ、交渉を始めましょうか、オッシ先生」

　ようやく本題に入れるようだ。

「私は、カー先生と話をするつもりだったのだがね」

「もちろん、代表はカー先生です」

　椅子に座ったままずっと沈黙していたカーが、ビシッと姿勢を正した。

「は、はい。代表です！　でも交渉事は苦手なので、そういうお話はケニー君にお任せします」

「まあ、いいがね」

いっそ潔いレベルの丸投げであった。

とはいえ、確かにそれが一番、話が早い。

オッシは、ケニーと魔術研修に関する必要物資の運搬費用について、話を詰めることにした。

これまでならば、その運搬も生活魔術科の活動の一つという扱いで、費用を出しても微々たる金額だったのだが、今年からはそうもいかない。

数ヶ月前の生活魔術科のボイコット事件で、いくつかの魔術科が彼らに対して配慮をすべきだと感じたというのもあるが、オッシとしては冬期休暇中にあった天空城の一件が大きい。

……何しろ現在、生活魔術科には身分を隠して、この国の王族が生徒として在籍しているのである。

迂闊なことはできないのであった。

各魔術科には運搬する物資をリストアップしてもらい、これをオッシがまとめた。

その資料を参考に、いくつか指摘と交渉がオッシとケニーの間で交わされ、費用の見積もりをソーコが算出、カーは最終確認にコクコクと頷いていた。

そして数時間後。

「では、話はこんなところでいいか。各科長での会議の時間が迫っている。問題がないなら切り上げよう」

話し合いは大きく揉めることもなく、つつがなく終了した。

「そうですね。カー先生、大丈夫ですか？」

ケニーが声を掛けている、カーはグルグルと目を回していた。

「は、は、はい……！　若干、ついていけませんでしたけれど……」

早口で応酬するオッシとケニー、そして機械的に淡々と数字を読み上げていくソーコ。

そんな中、おっとりとした性格のカーが話についていけるはずもなく、時折ケニーの同意を求める問いに頷くしかできなくなっていたのだ。

「先生は、寝ててもよかったと思うわ。私もうんざりしたし」

「そ、そういう訳にはいきません！　これでも、私が代表ですから！」

特に力にはなれなくても、教師としての責任感は強いカーであった。

まあ、とにかく、ここで行うべき話し合いは終わった。

あとは片付けと……もう一つ、物資の運搬とはまったく違う内容の話をオッシはしたかったのだが、そのためには一人、生徒が足りなかった。

「リオン・スターフ君は同席させなかったのだな」

オッシの問いに、ケニーが怪訝な顔をした。

「？　今回の話し合いに、リオンは立ち会う必要がないですし、教室で研究をしていますけど」

「今の時間だと、有翼人の寝床になってたところじゃない？」

ケニーの答えを、ソーコが修正した。

有翼人。

普段はあちこちの森を渡り歩く、背中に翼のある種族はつい先日まで、この学院の敷地の一角を間借りし、生活を送っていた。

もっとも現在は、既にどこかへと発ったという話である。

「そうか。では、この後もう少しだけカー先生には時間を取ってもらおう」

オッシが言うと、カーは不思議そうに目を瞬かせた。

「まだ、何かあるんですか」

「あるが、これはカー先生と二人で話をしたい。なので、君達には席を外してもらおう」

ケニー達は互いに目を配らせ、頷いた。

これまでがこれまでなので警戒されるのは分かるが、そこまでカー先生が心配か、と思ってしまうオッシである。

ともあれ、ケニーとソーコは退室してくれるようだった。

「分かりました。行こうか、ソーコ」

「ちょっと心配ね。先生、気をつけてよ」

「は、はい！」

二人が出ていき、小会議室は静寂に包まれた。

「……何気に失礼な連中ですな」

「す、すみません。あの、それでオッシ先生、お話というのは一体……？」

「ああ、話というのは他でもない。今、退席してもらった二人と、加えてリオン・スターフ君についてだ」

「はぁ。彼らが何か……？」

オッシは、生活魔術科との『話し合い』から、召喚魔術科の科長サイモンが話を続けている科長会議に意識を戻した。

まあ、駄目で元々、もしも彼らにその意思があるのならばそれでよし、程度の提案なのだが、さて、どうなるか……。

「戦闘魔術科への移籍ぃ⁉」

科長会議から生活魔術科の教室に戻ってきたカーの報告を聞いて、ソーコは勢いよく立ち上がった。

物資運搬の話し合いでソーコ達が出ていった後、オッシがカーにした提案の内容が、これであった。

「うわぁ……ソーコちゃん、狐面で顔の上半分が隠れてるのに、すごく嫌そうなのが分かるよ」

「ぴぃあ」

苦笑いを浮かべるのは、ぬいぐるみサイズの火龍の仔フラムを抱えた、リオン・スターフだ。

「当たり前でしょ！　何だってそんな馬鹿な話が出てくるのよ！」

「そりゃまあ、天空城の一件とか……あとは冒険者パーティー『ブラウニーズ』としての活動実績も調べたんじゃないか？」

豆茶（まめちゃ）を口にしながら、ケニーが口を挟んだ。

「そ、その話も、出てました。『ブラウニーズ』の方もです」

冬期休暇の期間中、この国の空には古代オルドグラム王朝の遺産『天空城』が浮かんでいた。

しかしその『天空城』は既になく、これにソーコ達やカー、それに戦闘魔術科科長のオッシも関わっていたのだ。

「ソーコちゃん、結構派手にやったもんねぇ」

「待って、リオン。有翼人関係で自分がやってたこととか、普通に自覚ない？」

「え？」

コテン、と首を傾げるリオンに、ソーコは深いため息をついた。

そんな疲れるやり取りを無視して、ケニーはカーを見た。

「戦闘魔術科の科長がそれなりにこちらの実力を認めてくれた、というのはありがたいですが、もちろん受けたりしてませんよね、カー先生」

「そ、そりゃもちろんです！　こういうのは、本人達の意思が第一です！　……あの、移籍したりしませんよね？」

怖ず怖ずと聞いてくるカーに、ソーコが切れた。

「そこで自信なさげにするのはどうかと思うわ！」

「ひゃうっ⁉　で、でももしかしたらって思うと、やっぱり不安でしたし……」

「移籍とか、しませんよ。わたしも、戦闘訓練とかそういうのは、あまり興味ありませんし……」

リオンは両手を小さく上げて、首を振った。

ケニーは少なくなった豆茶に、ミルクを足していた。

「あと、天空城絡みといえば、王子であるデイブ殿下との個人的なコネも欲してるんじゃないかな。あの人自身はお世辞にも戦闘魔術科向けとは言えないから、本人を移籍させるなんて無理だろ？」

デイブ・ロウ・モーリエ。

この魔術学院では、デイブ・ロウと名乗っている小太りの少年は、身分を隠しているが王族である。

生活魔術科に属しているが、その素性を知っているからこそ、オッシが彼に直接交渉することなど、恐れ多くてまずあり得ない。

だから、その知己であるソーコ達『ブラウニーズ』に移籍の提案をしてきた、というのがケニーの読みであった。ソーコ達を間に挟もうが、人脈は人脈である。

当然、ソーコは顔をしかめた。

「イヤらしい話ね」

「とにかくそういう訳ですんでカー先生、その件は正式にお断りさせてもらいます」

ケニーも拒否を表明し、こうしてオッシからの提案は普通に却下されたのだった。

「わ、分かりました」

「まったく、今日はロクでもない話ばかりだわ」

ふてくされたように唇を尖(とが)らせ、ソーコは椅子に座り直した。

「ソーコちゃん、何かあったの？」

リオンの問いに、ソーコは亜空間から情報ペーパーを取り出した。

「ジェントからの輸送船が事故を起こしたらしくてね、作物が届くのが遅れるらしいのよ。それで、計算してみたら、お米や漬物の備蓄が切れちゃうかも……はあぁぁぁ……」

ソーコのテンションは、大いに下がっていた。

パン食も悪くないが、極東の島国ジェントの出身であるソーコとしては、やはり米のご飯や味噌汁、緑茶に漬物が恋しいのだ。

「う、うーん……」

リオンは、気持ちは分かるがどう慰めていいのか分からない、というふうであった。

「私の事情の方はいいのよ。リオンは有翼人の元ネグラの方、どうだったの？」

「あ、うん、ひとまず欲しかった分の羽毛は回収したから、あとはソーコちゃんが片付けてくれるかな」

つい先日までこの魔術学院に簡易的な集落を造っていた有翼人は、もういない。

残された羽毛は生活魔術科が回収し、これで枕やベッドを作る予定なのだ。

立つ鳥は跡を濁しておらず、片付けるようなモノはほとんど残っていないようだが、一応はソーコも後で、確認することになっていた。

「分かったわ。……あの二羽とお付きの群れは今、どの辺かしら」

有翼人が魔術学院に転居したのは、彼らが崇める霊鳥ティールの意思によるものが大きい。

さらにいえば、その兄に当たるもう一羽の存在がなお一層大きかったのだが、とにかく彼らは旅立った。

何の偶然か、ティールが目指したのは、ソーコ達が魔術研修に向かう森妖精の郷が存在する、世界樹であった。有翼人の巫女エイドリーによると、ティールには何やら世界樹で、霊鳥としてすることがあるらしい。

つまり、しばしの別れではあるが、またすぐに再会するのである。

「空を飛んでの移動だから、もうとっくに世界樹に着いてるんじゃないか？」

人間の足ならそれなりにかかる距離でも、空路ならばあっという間だ。

そんな話をしていると、教室の扉が勢いよく開かれた。

「あ、みんな戻ってる！　おかえり！」

入ってきたのは、生活魔術科のローブを羽織ったロングヘアの少女だった。

カレット・ハンド。

この魔術学院のある王都でも有数の大商会、ハンド商会の娘である。今回、生活魔術科が魔術研修で使用する物資は、彼女の実家が調達してくれていた。もちろん無料ではないが、娘が所属する魔術科の物資ということで、かなり安くしてもらっていた。

普段から、ただいるだけで華があるカレットであったが、何故か今日は羽毛にまみれていた。

「カレット、どうしたんだよ、その羽根だらけの姿は。有翼人の担当じゃなかったよな？」

「ん？　ああ、鶏捕まえててね。あの子達ヤンチャだから、すごく抵抗されちゃって。跳ぶわ蹴るわつつくわでもう大変だったんだよ。でも頑張って全部ケージに収めといたからソーコちゃんあとよろしく！」

ビシッと親指を立てるカレットに、ソーコは軽く手を振った。

「はいはい」

「あと、モンスター除けの鐘も作成完了したから、そっちもお願い！」

ただテンションが高いだけではなくて、仕事も速いカレットであった。

「まさか、それもケージの中にあるんじゃないでしょうね」

「それもありかなーとは思ったけど、実行したら亜空間懲役二時間の刑とかされそうだから、やめといた」

「しないわよ！」

「でも本音は？」

「蹴っ飛ばすだけ」

「やらないでよかったー」

あははーと笑う、カレットであった。

生活魔術科の面々は騒々しく、出発の準備を進めていくのだった。

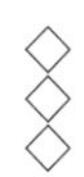

数日後。

ハンド商会の大倉庫を、ソーコは訪れていた。

ノースフィア魔術学院の魔術研修は既に始まっており、生活魔術科以外の魔術科はこの王都を発ち、世界樹の麓にある森妖精（エルフ）の郷を目指して移動している頃だろう。

ソーコ以外の生活魔術師達も、あちこちの倉庫にある物資の回収に、動き回っている。

「ここにあるので、全部ね？　じゃあ、回収するわよ」

ソーコは目の前に積まれた、見上げるほどの木箱に手を当てた。そして、そのまま前に進んでいく。木箱は次々とソーコの前に展開された亜空間に、消えていく。

一分も経たないうちに、大量にあった木箱はその場から消えてしまっていた。

「……まったく、羨ましい限りですなあ」

感心したような声を漏らすのは、ハンド商会の番頭を務める老紳士だ。

「それなりのリスクはあるんだけどね」

素直に褒められるのは、少し恥ずかしいソーコだった。

「空間収納の持ち主も珍しいですが、冷たいモノや熱いモノまでそのまま保管できるとなると、本当にもう数えるほどしかおりませんよ」

穏やかに番頭は微笑(ほほえ)んだ。

カサコソカサコソ……。

異音に二人が視線を向けると、そこにはやや大きな蜘蛛(くも)が這(は)っていた。

「おっと、これはどこから潜り込んだのでしょうな。少々お待ちください。今、退治しますから」

どこから取り出したのか、番頭は薄い冊子を丸め始めた。

「必要ないわよ。蜘蛛は益虫。害虫を駆除してくれるわ」

ソーコは制し、蜘蛛に近づいた。

「とはいえ、余所(よそ)の人間が入る倉庫だとちょっと体裁が悪いわね。ほら、外にお逃げなさい」

ソーコが指を鳴らすと、蜘蛛のすぐ傍(そば)の壁が消え、壁の向こうにある草むらが姿を現した。

蜘蛛が素早く動き、草むらの中に飛び込んだのを確かめると、ソーコは再び指を鳴らし、壁の穴を塞いだ。

「管理が行き届かず、申し訳ありませんな」

「いいわよ。気にしないで」

「さて、そろそろお嬢様が来られる時間ですが……」

番頭が懐中時計を確かめた正にそのタイミングで、カレットが倉庫に入ってきた。

「へい、ソーコちゃん！　次はこっちの冷凍庫頼めるかな？」

「お嬢様、はしたないですよ。ハンド商会の娘として、もう少し慎みを……」

眉間に皺を寄せた番頭の姿に、カレットはギョッと怯んだ。

「うわっ、いたの番頭！」

「倉庫の物資の持ち出しなんですから、そりゃあいますよ。とにかくお嬢様、ここはみっちりと礼儀作法を仕込み直す必要が……」

「ああっ、しまった！　冷凍庫の扉を開けっぱなしだった！　ちょっと閉め直してくるね！」

「お嬢様！」

説教をしようとする番頭から、華麗に逃亡するカレットであった。

……ゴリアス・オッシは王都から遠く離れた、小高い丘の上にいた。
「毎回、ここに来るたびにあの森を直進できればと思うな」

ちょうど目の高さに、巨大な世界樹が生えており、その手前には白い霧に包まれた森が広がっていた。

この森を直進できれば、おそらく一日かからず、目的である世界樹にたどり着けるだろう。

だが、率いている生徒の数は数百もいて、森を進むとなれば遭難者も出てしまいそうだ。

「……生徒達がいる以上、そんな無理はできんがな」

だから、そんな冒険をオッシはしない。

いつも通りに、この森を避けた安全なルートを進むことにする。

「皆、予定通り、『迷いの森』を大きく迂回し、目的の世界樹の麓に向かう」

「毎度のことながら、面倒ですな。野営が増えてしまうので、必然的に荷物もかさばってしまいますし」

やれやれ、と召喚魔術科の科長サイモンが、額の汗を拭きながら、オッシに声を掛けてきた。

そんなサイモンに、オッシは肩を竦めて笑った。

「ですが、悪いことばかりではないでしょう。私達戦闘魔術科ならば、こうした環境での戦闘経験は貴重ですし、精霊魔術科や従魔術科は稀少な精霊やモンスターと巡りあうかもしれませんし」

「さすが、オッシ先生は考え方が前向きですな」

「では、行きましょう。日程に余裕はありますが、早く到着できるに越したことはありません、ぞ……？」

オッシはふと足を止めた。

「おや、どうしました、オッシ先生」

「いえ……世界樹が何か、奇妙な色に変わったような気がしたもので……気のせいでしょうか」

もう一度、オッシは世界樹を見た。

世界樹は変わらず、緑色の葉を広げている。

……一瞬、あちこちに虹色の光が見えたような気がしたのだが……？

少し悩んだが、オッシは結局先を急ぐことにした。

戦闘魔術科をはじめとした他の魔術科が移動して、一日後。

ゴリアス・オッシが立っていたのと同じ丘に、生活魔術科の生徒達が立っていた。

「やっと見えたか」

水筒の水を口にしながら、ケニーは遠くにある世界樹を見ていた。

「相変わらず、大きいねえ」

「ぴぃー！　ぴぃ？」

ケニーと並んで眺めるリオンの袖を、火龍の仔フラムが引っ張っていた。

「うーん、珍しい果物とかは結構あったと思うけど、フラムちゃんの口に合うかどうかは別だからなぁ」

「ぴぃう♪」

リオンの答えに、フラムは嬉（うれ）しそうに空を舞った。

「いつも思うけど、ここ真っ直ぐ突っ切ったら、ものすごく移動時間、短縮できそうね」

ソーコの感想に、引率役のカーが慌てて首を振った。

「だ、駄目ですよ。あの森は見ての通り霧に包まれてて、方角もいつの間にか分からなくなっちゃう、『迷いの森』なんですから。そんな危険なこと、教師として認められません」

「あれ、先生その森から誰か出てくるみたいなんですけど」

「え？」

白い霧の中から、豆粒のような小さな人影が飛び出してきたかと思うと、丘の上のケニー達に気づいたのか、駆け足で登ってきていた。

「おーい！」

声の高さから、どうやら女の子のようだ。

服装は初心者の冒険者のように軽装だが、機動力を重視する森妖精（エルフ）なら珍しくなさそうだ。

「はぁ……はぁ……」

丘を一気に駆け上がり、少女は膝に両手をついて、息を整えようとしていた。

「ど、どうしたんですか？　森妖精（エルフ）の子ですよね？」

リオンが、少女の尖った耳を見て、尋ねた。

もっとも、それに答える余裕など、今の彼女にはないだろう。

「ほら、水。まずは、落ち着け」

ケニーが差し出した水筒の水を、少女は一息に呷（あお）った。

「ん……ごくっ、んぐっ……ぷはぁっ、あ、ありがとうです！　えっと、お姉さん達は、何の集まりですか？」

「私達は、ノースフィア魔術学院の、生活魔術科一行です。今は、世界樹の麓にある森妖精（エルフ）の郷に、魔術の研修を受けに向かっている最中です」

カーが代表して言うと、少女は丘の下にある森と、ケニー達を交互に見て、悩み始めた。

「生活魔術……う、うーん……」

「まあ、頼りないと思うのは分かるけど、まず何があったのか説明してくれないか。力になれるかどうかは、それからだ」

「あ、はいなのです。えっと、ボクはキーリンといいます」

キーリンは、勢いよく頭を下げた。

「黒妖精（ダークエルフ）？」

ポニーテールにした髪の色は緑色、肌は日焼けしたように浅黒かった。

「森妖精（エルフ）なのです。ちょっと肌が浅黒いだけなのです」

ソーコの問いに怒る様子もなく、キーリンは答えた。

「悪かったわ。続けて」

「まずは、あの世界樹を見てください」

キーリンが、遠くに見える世界樹を指さした。

「あれがどうしたのよ」

「あっ……！　……何か、光った？」

最初に気づいたのは、リオンだった。

ソーコはケニーと顔を見合わせ、もう一度注意深く、世界樹を観察した。

すると、緑色の葉のあちこちが、柔らかい虹色に輝いたかと思うと、またすぐに緑に戻ってしまった。

なるほど、よく注意しないと分からない、そんな明滅だった。

「そうなのです。世界樹は今、百年に一度の開花を迎えようとしているのです！」

「えぇっ！　それ、すごく珍しいんだよね⁉」

キーリンの宣言に盛り上がったのは、やはりリオンだけだった。

けれど、キーリンはまるで気にした様子もなかった。

「はいなのです。それで、世界樹が開花する時には、いろいろと普通じゃないことが起こるのです。いつもの数倍の速度で植物が生長したり、モンスターが強くなったり。それで、『迷いの森』の様子を確かめようと森妖精(エルフ)の偵察隊が入ったのです」

「……偵察隊って、キーリンみたいな小さい子でも、入れるものなのか？　いや、実年齢が実は俺達よりも年上だったらすまないけど」

「む、ボクは見たとおりの年齢なのです！」

ソーコとケニーは、顔を見合わせた。

なるほど、分からん。

森妖精(エルフ)は十代半ばから後半ぐらいまでは、人間と同じように成長し、その後緩やかに年齢を重ねて、数百歳を生きるという。

……だとするなら、キーリンは十数歳といったところだろうが、童顔ということも考えられる。

結果、ソーコは深く考えることをやめた。

キーリンは、大きく両手を広げた。

「とにかくですね、森の中にはとても巨大な大蛇がいたのです！」

「巨大と大蛇で、意味がかぶってない？」

「それぐらい大きかったのですよ！　奇襲に遭って偵察隊はちりぢりになってしまったのです！」

そして、その巨大な大蛇から逃げ、何とか森のこちら側に出てきたのだという。

説明を終え、キーリンは申し訳なさそうに、ソーコ達を見た。

「あの……それで、やっぱり退治とか、無理ですよね。生活魔術師じゃ……」

「う、うーん……皆さん、どう思いますか？」

引率であるカーの立場は微妙だろう。

教師として、生徒達を守る義務がある。

その一方で、カーの性格上、こうして困っている子を見捨てるのも難しい。

スッと前に出てきたのは、デイブだ。

「俺様は助けた方がいいと思うぞ」

殿下、と言いそうになり、カーは言い直した。

「デイブで……君」

一部生徒が、なんでお前が代表っぽく言ってんの？　みたいな顔をしているが、ソーコは素性を知っているので、王族であるデイブが前に出るのも納得だった。

ふん、とふてぶてしい態度で、デイブは後ろに女生徒――ノインを従え、キーリンを見下ろした。

「キーリンといったか。そこにいる三人と一頭は冒険者をやっているし、他にも元戦闘魔術科の生徒もいる。自慢じゃないが、俺とこのノインが多分一番弱いだろう」

「私も、そう思います」

特に怒りもせず、ノインは肯定した。

「まー、困ってる人がいるんなら、助けた方がいいよね。他に助けを求めるにしても手間がかかるだろうし、見捨てるのは論外だし？」

カレットがやけに響く声で言うと、不思議と賛同の意見が集まった。この辺は少し羨ましいと思う、ソーコだった。自分が同じことを言っても、皆が頷いてくれるかどうかとなると、やや疑問である。

「た、助けてくれるの？」

どうやら、そういう流れになりそうだった。

「最悪、大蛇は倒さず、向こうの世界樹の麓にある森妖精（エルフ）の郷に助けを求めに行く方向でいこう。ちりぢりになった調査隊の森妖精（エルフ）を回収できれば、問題ないだろ？」

ケニーの提案に、キーリンは頷いた。

「うん！　よろしくお願いするのですよ！　ボクはあの森には詳しいから、案内できると思うのです。でも、はぐれると大変なので、ちゃんとついてきてほしいのです」

「道案内してくれるんなら、大分難易度が下がるわね」

森で厄介なのは、似たような風景が続き、方向を見失ってしまうことだ。

しかも、この丘の下に広がる霧に包まれた森は、通称『迷いの森』と呼ばれている。

魔力による霧らしく、晴れることがないらしい。

「ただ、この人数だとどうしても移動には、時間がかかってしまうのです……」

それはまあ、仕方のないことだろう。何せ数十人の団体だ。下手に焦って、はぐれる生徒が出ても困る。

「ぴぁ！」

リオンに抱えられていたフラムが、一鳴きした。

「フラムちゃんが、空から世界樹の方角を教えるって言ってくれてるよ」

「じゃあ、行くのです！」

弾かれたように、キーリンが丘を駆け下りようとするのを、ソーコは慌てて制した。

「ちょ、待ちなさい！　全員駆け足で進ませる気!?」

「おおっと！」

全員が丘を降り、森の前に立った。

まだ中には入っていないが、それでもうっすらとした白い霧が漂っている。

「厄介なのは、この霧みたいだな」

ふん、とケニーは鼻を鳴らした。

「うん、森妖精（エルフ）なら多少離れてても、視界が利くけど、人間だと厳しいのです。みんな手を繋（つな）いで進まないと、あっという間にバラバラになっちゃうのですよ」

かといって、手を繋いだまま、この森を進み続けるのも現実的ではない。

ケニーは少し考え、単純な方法をとることにした。

「じゃあ、少し霧を散らすか。おーい、カレット」

「はいな？　ケニー君、呼んだかな？」

生徒達の中から、大きく手を挙げてカレットが現れた。

「呼んだ呼んだ。ちょっと手伝ってくれ」

ケニーは、カレットに手招きした。

「何企(たくら)んでるの？」

「人聞きの悪いことを言うなよ。いいか？　まず……」

ケニーは簡単に、これから行うことを説明した。

ふむふむと頷き、カレットはニマッと笑みを浮かべた。

「へー……いいアイデアかも。じゃあ、すぐ始める？」

「そうしてくれると、ありがたいかな」


カレットは、生徒達の一番前に立つと、呪文を唱えた。

「――『拡声(ヤッフル)』！」

カレットが両腕を左右に広げると、大きな目玉のような印が刻まれた巨大な角錐台(かくすいだい)が一対、カレットを挟むように出現した。

「あ、あーあーあー」

カレットが喉に手を当て声を上げると、角錐台から増幅されたカレットの声が放たれた。

これが、生活魔術師カレット・ハンドが得意とする、音声魔術だ。今回は声を増幅する音声魔術を使用したが、音をなくしたり、遠い場所に声を送ったりもできる。

「キーリン、みんなが耳を塞いだら、アンタも同じようにしなさい」

「へ？　あ、はい。分かりましたなのです」

そんなやり取りをソーコとキーリンがしている間にも、準備は整ったようだ。

「いいよー、ケニー君！」

カレットはケニーを指さした。

指の先から放たれた青い光線がケニーに当たると、一対の角錐台はケニーの左右に出現した。

「ああ」

ケニーとカレット以外、その場にいた全員が、一斉に耳を塞いだ。

ソーコの狐耳もパタンと閉じ、それを見てキーリンも慌てて長い耳を塞ぐ。

「――『霧よ晴れろ』」

大きく増幅されたケニーの『七つ言葉（セブン・ワード）』が放たれ、『迷いの森』の霧を吹き飛ばしていく。

「うわぁっ!?」

耳を塞いでも響く大音声に、キーリンは引っ繰り返った。

ケニーの声が鎮まると、周辺を漂っていた霧が一掃されていた。

「霧が一瞬でなくなったのです……」

「生活魔術も、馬鹿にできないでしょ」

えへん、とカレットが胸を張った。

「は、はいなのです」

「こちらをお持ちください」

スッと、ノインが手鐘(ハンドベル)をキーリンに差し出した。

「お姉さん、これは?」

「魔物除けの鐘です。よほどの魔物でなければ、近づいてきません」

「よほどの魔物なら?」

「むしろ音を気にして、近づいてきます」

淡々としたノインの説明に、キーリンは顔を引きつらせた。

「うわー……使いたいような使いたくないような道具なのです……」

「今は、スピードが最優先でしょ。ケニーが言うには、霧を晴らしたのは一時的なもので、しばらくしたらまた霧が戻ってくるらしいわよ。それに、鐘の音で森妖精(エルフ)の仲間も近づいてくるかもしれないわ」

「言われてみれば、その通りなのです! じゃあ、進むのです」

ソーコの言葉にキーリンは頷き、森へと踏み出した。

「ぴぃーー!」

高い声を上げ、フラムも空へと飛び立っていった。

カラーン……カララーン……。

複数の手鐘（ハンドベル）の音が、森に響く。

「すごいのです……本当にモンスターが出現しないのですよ……」

キーリンが、感嘆の声を漏らしていた。

「まったく近づいてこないってのも、それはそれで怖いけどね……」

厄介なモンスターが出現するフラグっぽいのよねーと、ソーコは思うのだ。

一方、隣を歩くカレットは、耳を澄ませていた。

「少なくとも、周辺数十メルトには大きなモンスターはいないねー」

「分かるのですか。それも、生活魔術なのですか？」

「あ、違う違う。単に耳がいいだけ」

素直なキーリンの問いに、カレットはヒラヒラと手を振って否定した。

「あと、リオンは匂いで探知できるぞ」

「野生の動物みたいな扱いされてる⁉」

ケニーが言うと、いきなり話題を振られたリオンが驚いていた。

「でも、できるだろ？」

「ううう……それは、できるけど……」

というかやってるけどーと、リオンはゴニョゴニョと言葉を濁した。

「はー……生活魔術師って、すごかったのですねぇ。認識不足なのでした」

「いや、コイツらは多分……特殊な部類だぞ。生活魔術師全員が……こんなのできる訳じゃねえからな」

森の中、わずかに早足での移動に、デイブは汗をハンカチで拭き取りながらツッコミを入れた。

「お兄さんは、何ができるです？」

「国を動かせる程度だ」

「やっぱりすごいのです！」

あまりに開けっぴろげに言ったので、デイブの発言を信じる生徒はいなかった。

「……王族ジョーク、心臓に悪すぎる」

「ほ、本当に笑えませんね……」

もちろん、デイブの素性を知っているケニー達やカーは別である。


カレットが、不意に右腕を横に伸ばした。

「ちょっと待って。——みんな、ストップ」

緊迫した声に、全員が足を止めた。

カレットは目を閉じ、耳に神経を集中させる。耳の奥に届くのは、荒い息、速い鼓動、ごくわずかな衣擦れと、時折足が地面の土を削っているような音だ。

カレットは目を開いて、音のした方角を指さした。

「うん、これは人の呼吸音と心音だね。何人かでまとまって隠れてるっぽいかな？　あっちの方角だね」

「タマ、探れ」

ケニーが袖に仕込んでいた小さな球体を取り出すと、声に応えて球体(タマ)は森の奥へ飛び立った。

「アレは何なのです？」

キーリンの問いに、ケニーは少し考え込んだ。

「俺が造った……まあ、ゴーレムの一種だな。光ったり、熱を放ったり、旋風で掃除したり、あとは今みたいに少し先を偵察できたりする」

「はぁー……すごいのですねぇ。ボクも一つ、欲しいのです」

「残念ながら非売品だ」

素材が割と貴重で、今だと海の底にでも潜らないと手に入らない代物なのだ。

と、ケニーが手を軽く上げて、会話を遮った。

「タマが森妖精(エルフ)を見つけた。警戒しているみたいだが、まあタマだけ現れれば無理もないな。合流しよう」

早足で先を急ごうとするケニーに、リオンが並んだ。

「ケニー君、ちょっとマズいよ。何か敵意が森妖精(エルフ)達を取り囲もうとしてる」

「何かシャーって鳴いてるし、地面を這いずる音……これは、蛇かな。かなり太いけど、キーちゃんの言う大蛇ってほどじゃないかなぁ」

「あの、カレットさん、そのキーちゃんってもしかして、ボクのことなのです？」

騒がしいなあと思いながら、ケニーはソーコを見た。

「ソーコ、退治頼めるか」

もしも再び霧が立ち込めたり、キーリン達偵察隊を襲ったという大蛇が出現したりした場合を考えると、『七つ言葉(セブン・ワード)』は温存しておきたいケニーであった。

「了解。まあ、普通の蛇程度なら私一人でもどうにでも、できるわ」

「ちょ、あ、危ないのです！　一人に任せるなんて、無茶なのですよ！　他に、戦える人はいないのですか⁉」

オロオロするキーリンに、ケニーは落ち着くように言った。

「心配しなくていい。すぐに終わ――」

「『空間遮断(ギロチン)』」

前後左右、頭上に足下から出現した太い蛇が、ソーコの一言でまとめて切断された。

空間収納の生活魔術を応用した、斬撃術である。

「――る、じゃなくて、終わったな。最後まで言わせろよ」

呆(あき)れたように言うケニーに、ソーコはふん、と鼻を鳴らした。

「知らないわよ。それより、思ったよりも大きな蛇だったわね」

呆気(あっけ)にとられるキーリンを放って、ソーコは大蛇を回収しながらスタスタと先に進んでいった。

「キーリンが見たのは、コイツらじゃないんだな？」

「はい、もっと大きいのだったのです。太さがこーんなのだったのですよ」

ケニーの問いに、キーリンは両腕を大きく左右に広げた。

生活魔術師達一行が進んだ先には、森妖精(エルフ)が数人隠れていた。

「助けていただき、ありがとうございます……！」

　彼らは、ソーコ達が救援に来たと分かると、跪(ひざまず)いて感謝の言葉を述べた。

「みんな、無事でよかったのです！　動けるですか？」

　心配するキーリンと違い、森妖精(エルフ)達は皆、金髪で色白の肌をしていた。

　ソーコは、キーリンと彼らを交互に見て、キーリンは特殊な種族なのかと、首を傾げた。

「それが……みんな、空腹でヘトヘトなんだ。何か、食料があればいいんだが……」

「食料なら、ここにあるじゃないですか」

　どうやら食料を切らしてしまったらしい森妖精(エルフ)達に、地面に落ちた大蛇を拾ってみせたのは、リオンだった。

「大蛇なのですか⁉」

「蛇は食べられるぞ。精もつく」

「そうね、食べられるわ。蒲焼(かばや)きとか。でも、こんな所で野営(キャンプ)するとなると、モンスターの出現の危険はないかしら」

　ケニーとソーコは話し合う。

「そこは、交代で警戒しながら、行おう。さっさと動きたいのはやまやまだが、途中で力尽きて倒れる方がどう考えてもマズいだろ？」

「ぬ、ぬう、それは一理あるのです」

　もう少し開けた場所があるというキーリンの案内で、ソーコ達は再び移動を開始した。

　そして、生活魔術科の生徒達や森妖精(エルフ)達が適当に散らばっても余裕のある広場で、臨時の野営となった。こういう時の生活魔術師達の手際は極めてよく、たき火やテーブルの用意はあっという間に調っていく。

そんな中、キーリンは興味深げに木に貼られた札（カード）を見ていた。

札（カード）は広場の四方の木に貼られ、半透明の障壁を発生させていた。

「カー先生、あの札は何なのです？　森妖精（エルフ）には馴染（なじ）みのない魔術なのです」

「紙に魔術を刻み、発動させる符術ですよ。呪文を唱える必要がないので、発動が早いんです。これを四方に貼って、魔除けの結界を即席で作りました」

「簡易的なものだから、せいぜい薄い壁を造って気配を消すぐらいの効果だけどな。あとは『消臭』とか『防音』の魔術で結界を強化してる」

『七つ言葉（セブン・ワード）』で地面を平坦にしているケニーが、カーの言葉を補足した。

「美味しそうな匂いがしてきたのです！」

「煮込み料理だよ。香草とかキノコとかは、この森を進んでる最中に、採取してたからちょうどよかったよ」

言いながら、リオンが大きな鍋をお玉でかき混ぜる。

「いつの間に!?　逞（たくま）しすぎるのです!?」

ちなみにそうした食材を採取していたのは何もリオンに限らない。

生活魔術科の生徒達はそれぞれ移動しながら、あちこちのそれらを集めていたのだ。

しかし、それでもケニーは不満だった。

「いや、さすがにパンは手持ちの物資で何とかするしかなかった。まだまだだ」

「高みを目指しすぎているのですよ⁉」

「あ、製氷係はこっちもお願い。果物は冷えている方が、美味しいよね」

リオンは水を満たした桶に、赤い果実を入れていた。

もちろんこの果実も、この森で手に入れたモノだ。

「むむぅ、至れり尽くせりなのです」

こうして全員に、パンとメインとなる大蛇の煮込み料理、野草のサラダ、『抽水』の魔術による水、デザートに果物といった食事が振る舞われることになった。

「森の様子がおかしいのは、もしかしたら世界樹の開花と関係があるのかもしれないのです」

食事を取りながら、キーリンがそんなことを話し始めた。

「世界樹の開花のこと、皆さんどれぐらいご存じなのですか？」

「いや、ほとんど知らないな」

「だよなぁ？」

生活魔術師達が顔を見合わせる中、魔女を師匠に持つリオンは手を挙げた。

「あ、わたしも師匠から聞いたことあるよ。確か百年に一度のレベルで開花するんだよね」

「ですです！　森妖精の間では割と知られているのですが、人間はあまり知らないのですか？」

「寿命の関係だろうなあ。運がよくて一回見られるかどうかってレベルだし、あまり記録にも残らないんじゃないか？」

パンを煮込みに浸しながら、ケニーが言う。

「そうなのですかー。世界樹はこの開花の時、いろいろと普段と違うことをするのですよ。だから、あちこちでおかしなことが起こるのです」

「確かにこの蛇、普通のより大きいね」

リオンがフォークで突き刺した、蛇のぶつ切りを持ち上げた。

「なのです」

「その割に、大味じゃない。エネルギーと旨味が詰まっている感じだ。いいモノ食ってきた蛇なのかもしれないな」

「ぴあぁー」

ケニーは蛇の身を噛みしめ、唸った。

ソーコが時間を早めることで熟成させた煮込みは、骨もトロトロであった。

美味しいの、とモリモリとフラムも食べていた。

「ボクには蛇を食べる習慣はあまりないので、その批評に対してコメントを挟みづらいのですよ」

困ったように笑う、キーリンだった。

「世界樹が普段と違うっていうけど、他に何があるの？」

リオンがキーリンに質問した。

「うーん、一番なのは世界樹が結界を張っちゃうことなのです。時間までに麓に着かないと、世界樹が認めたモノ以外は出入りができなくなっちゃうのです」

「え？　それってもしかして、急がないとまずかったんじゃない⁉」

慌てるソーコに、キーリンは柔らかく笑った。

「大丈夫なのですよ。まだあと、一日ぐらいは猶予があるのです。ここからなら、今日中にはたどり着けるはずなのです。だからここでしっかりとしたご飯を食べられたのは、ラッキーなのです」

「何だ、ちょっと焦ったわ」

　立ち上がりかけたソーコは、再び腰を下ろした。

　一方、ケニーは別の懸念をしていた。

「……でも、残り一日ってことは、俺達以外の魔術科は間に合わなくなるかもしれないな」

「あ、言われてみれば、確かにギリギリかもしれないよ！」

　今度焦ったのは、リオンだった。

「まあ、その時は、その時だな」

「そうね」

　今度はソーコは立ち上がらなかった。

「二人とも、淡泊すぎるよ⁉」

「俺達が世界樹に着いてから有翼人の誰かに伝言を頼むとか、やりようはあるだろ。まずは俺達がこの森を抜けるのが、最優先だ。人の心配はそれからじゃないか？」

「うーん、言ってることは分かるけど、やっぱり心配だよ」

「リオンは、他の魔術科にも友達多いもんね」

「俺達、少ないもんな」

　うんうん、と顔を見合わせるケニーとソーコであった。

「何かいきなり二対一にされてる⁉　フラムちゃん、助けて！」

「ぴぃっ⁉」

寸劇が終わったところで、ケニーはキーリンに向き合った。

「話を戻して、その結界の話だけど、世界樹が認めたモノってのは何なんだ？」

「えーと、代表的なのは霊獣様なのです。知ってます？」

「霊獣様っていう存在はな」

半分精霊と化した、長寿の獣である。

遥(はる)か東方サフィーンにあるモース霊山に棲(す)む剣牙虎(けんきばとら)の霊獣フィリオが有名だ。

「あとはそうですね、霊鳥ティール様とか、霊獣様以外だとこの周辺なら火龍ボルカノ様も訪れるそうなのです。特にそういう決まりはないのですが、百年に一度ぐらい集まるのもいいかということで、周辺の霊獣様が世界樹の開花に合わせて、集まるのだということです」

「ぴぁー♪」

ボルカノの名前が挙がり、フラムが嬉しそうな鳴き声を上げた。

もしかすると、母親と会う可能性もあるので、喜んでいるのかもしれない。

「この子も龍種なのですねー。どこの子なのですか？」

「あ、あはは……フラムちゃん、どこの子なのか、教えてあげる？」

「ぴー」

「なるほど、分からないです！」

ニコニコとキーリンは笑っていた。

フラムの言葉が分かったなら、腰を抜かしたかもしれなかった。

「その出入りって、何で霊獣はよくて、人間が駄目なんだ？　森妖精(エルフ)も駄目なのか？」

ケニーの問いに、キーリンは頷いた。

「森妖精（エルフ）も駄目なのですよ。というのも大昔、その開花を見ようと人が集まりすぎたそうなのです。古代オルドグラム王朝の頃なんて、国の人間が一斉にって規模だったそうです。当然、世界樹の麓は押し合いへし合い大混雑になり、あちこちで諍（いさか）いが起き、その余波で世界樹も傷ついたりもしたと伝わっているのです。以来、世界樹が結界を張るようになったそうなのですよ」

「……確かに連中なら、やりそうだな」

「……そうね」

ちょっと古代の民に知り合いがいる、ケニーとソーコであった。

「でも、これでティールちゃんが世界樹に向かった理由が分かったね。そっか、世界樹が開花するのが分かったからなんだ」

納得したリオンに、「ティール……ちゃん？」と愕然（がくぜん）とするキーリンや森妖精（エルフ）達であった。

食事を取った森妖精（エルフ）達は、すっかり体力も回復したようだった。
「食事まで用意していただき、感謝します。おかげで皆、動けるようになりました。斥候はお任せください」
「あ、はい。よ、よろしくお願いします」
「よし、行くぞ、みんな」

カーが頷くと、森妖精（エルフ）達は森の中へと消えていった。

キーリンは、生活魔術師達の案内のため、カーと行動を共にすることになっていた。

斥候を務めてくれた森妖精（エルフ）達から少し遅れて、カー達も世界樹を目指して、歩き始めた。

しかし、歩き始めて十分もしないうちに、リオンが手で皆を制した。

「……？　ちょっと待って、みんな。進む足はそのまま、警戒して」

「何か問題があったのか？」

問いかけるケニーの方を向きもせず、リオンは前方に集中していた。

「問題はないけど……静かすぎるよ」

リオンの指摘に、カレットもハッとした。

「うん。そういえば、鳥の声も聞こえなくなっちゃってるね。休憩前は、魔物除けの鐘の音から逃げる音もあったけど、この辺はそれもない。ってことは……もしかして、ヤバい？」

「うん、この近くに、ちょっと手強い魔物がいるかもしれないよ」

「ど、どうしようなのです。迂回した方がよいのでしょうか」

自然と、生活魔術師達は身を寄せ合い、周囲の警戒を始めた。

キーリンが困惑していると、森の先から森妖精（エルフ）達が戻ってきた。

「キーリン、仲間がいた……！」

「ええっ⁉　こ、この先なのですか？」

「ああ……ただ、ちょっとマズいことになってる」

しばらく森を進むと、あちこちに森妖精（エルフ）の彫像が点在していた。

走って逃げようとする森妖精（エルフ）、尻餅をつく森妖精（エルフ）、弓を構える森妖精（エルフ）。

共通しているのは、どれも表情が恐怖に引きつっている点だった。

そしてそれらの石像と、地面には、大量の蛇が蠢（うごめ）いていた。

「これまた蛇か。今度は、質より量って感じだな。キーリンが遭遇したっていうのは、これじゃないよな」

「ち、違うのです」

「――少々お待ちください」

ゴロロロロ……ゴウン、ゴウン……。

ノインが手鐘（ハンドベル）を操り、雷雲のような音を奏でた。

すると、蛇達は音を恐れるように、方々へと散っていった。

「太い蛇の襲撃に、大量の蛇の群れ。嫌な感じだな。これは……石化の呪いか？」

ケニーは石像の一つに近づき、顔をしかめる。

「ど、どなたか、解呪できる人はいませんか？」

「キーリン、さすがにそこまで生活魔術師達に求めるのは酷というモノだ。ここはひとまず郷まで持ち帰り……」

「『石化よ解けろ』」

諦観する森妖精（エルフ）が、驚愕の表情でケニーを見た。

『七つ言葉（セブン・ワード）』による解呪で、石化していた森妖精（エルフ）の肌が少しずつ人のモノへと戻っていっていた。

「本当に何でもできるのですね⁉」

もう何度目になるのか、驚くキーリンであった。

「だけど、解ける速度が遅い。相当に強力な力で石化されたようだな。悠長に全部解呪している状況じゃなさそうだ。ソーコ、右の石像を頼む。全部まとめて収納しちまえ」

「分かったわ」

ソーコが駆け出し、次々と石化した森妖精(エルフ)を亜空間に収めていった。

急ぐ理由は単純だ。この森の中には、生物を石化させる何かが存在している。

ならば、長居は無用。一刻も早く、この森を離脱するべきだろうと、ケニーは判断したのだ。

「こ、こっちはどうするの？」

「――『軽くなれ』。森妖精(エルフ)の人達は、この石にされた人達を抱えて外まで運んでくれ。ソーコがこっちに戻ってくるより、そっちの方が速い」

重量への干渉は呪いの対象外らしく、森妖精(エルフ)達が驚くほどの軽さになっていた。

「分かった。この程度の重量なら、何とかなる。ありがとう！　キーリン、この人達を頼んだぞ」

「はいなのです！」

石像を抱えた森妖精(エルフ)達は、あっという間に森の向こうに消えていった。

「あとは……」

「ぴぃーーーーーっ‼」

突如、頭上からフラムが声を上げて、急降下してきた。

「みんな散開、敵は上！」

リオンが声を張り上げると、全員が即座に方々に散った。

一際太い木の上、幹に胴体を巻き付けた巨大な蛇の姿があった。いや、蛇の胴体をしているが、トカゲのような短い手足も生えている。銀と紫のまだらの肌は、おそらくは猛毒持ちだ。

そして何より、金色の目が巨大だった。

「シャーーーーーッ‼」

生活魔術師達の視線に気づいたのか、大蛇は威嚇の鳴き声を放った。

「バジリスク！　目を合わせると石化されちゃうモンスターだよ！　あと、毒があるから気をつけて！」

リオンの説明に、ケニーも急いで目を伏せた。

「キーリン、この森、こんなモンスターまでいるの⁉」

ソーコの問いに、キーリンはぶんぶんと首を振った。

「ア、アイツなのです！　ボクが見た巨大な大蛇なのですよ！　あんなの、この森で初めて見たのですよ！」

「確か弱点はいくつかあって、鏡！　自分の目を見て、石化しちゃうんだよ！　ってみんな、逃げて！」

バジリスクが顔を上げたかと思うと、口から毒液を噴き出した。

粘液が着弾した岩が、シュウシュウと煙を上げて溶けていく。

あんなモノを人が浴びれば、ひとたまりもない。

頭上から放たれる毒液に、木は軋みを上げて腐り落ち、周囲に毒の霧が広がり始める。

長期戦はできそうになく、戦うなら短期決戦しかなさそうだった。

「鏡だな！　誰か『抽水（アクエル）』を使え！　ケニー、凍らせろ！」

デイブの声が森のどこかから上がり、空中に巨大な水の玉が出現した。

「『凍れ』……って、クソ！」

ケニーは罵声を吐き出した。

水の玉が凍って水鏡ができたが、それと同時に毒液が浴びせられ、あっという間に溶けてしまった。

「そりゃ警戒するよな！　リオン、他に弱点はないのか⁉」

重い音が響き、バジリスクが地面に落ちてきた。鎌首をもたげ、周囲を見渡す。

目を合わせないように戦う、というのは思った以上にやりづらいと思う、ケニーだった。

「ええとあとは、イタチ！　バジリスクの毒が無効化されて、しかも体臭がバジリスクにとっての毒なの！　いわば天敵！」

「って、そんな都合よくイタチなんて見つからないな……！」

「こんなことなら、お昼に使わなきゃよかったよ！　せめて臭腺だけでも取っとけばよかった……」

「あの煮込み、イタチの肉も入ってたのか⁉」

こんな時なのに、ケニーは突っ込んでいた。

バジリスクには、遠い距離から火や水が浴びせられたが、まっとうな攻撃という意味では生活魔術はとても、このレベルのモンスターの相手にはならない。

たまに威力があるのは、元戦闘魔術科だった生徒の攻撃だろう。

苛立ったバジリスクは、攻撃魔術の飛んできた方角へ、バネのような勢いで跳躍した。

いくつもの木々をまとめてへし折るも、バジリスク自身はほぼ無傷だった。

「おい、大丈夫か⁉」

「だ、大丈夫～」

ケニーが声を張り上げると、情けない声が返ってきた。

どうやら、バジリスクのタックルは回避できたようだ。

「シャアァァ……」

隠れている相手を探そうと、バジリスクが首を左右に振る。

その頭上に、ソーコが出現した。

「——『空間遮断（ギロチン）』」

ソーコ必殺の斬撃がバジリスクの身体を切断する——直前、バジリスクは素早く前に跳躍して避けていた。

「っ⁉」

ソーコが消える。

木の幹を足場に空中に跳んだバジリスクの口が、つい今し方までソーコのいた場所を捉えていた。

「チィッ！　——『空間遮断（ギロチン）』！」

バジリスクの真下に転移したソーコだったが、次の攻撃もバジリスクは身体をよじって回避した。

それどころか、そのまま真下のソーコめがけて、捻（ひね）りを加えた身体で落下してきた。

地響きと共にバジリスクが着地するが、再びソーコは回避に成功していた。

カッと、バジリスクの金色の瞳が輝く。

その瞳が、ソーコを捉えようとしていた。

「『動くな』！」

ケニーが『七つ言葉（セブン・ワード）』を放ったが、バジリスクは大きく後ろに跳躍した。一瞬身体を強張らせたものの、すぐに動き出した。

「マジか……反射神経半端ないな」

ケニーは感心した。自分の声が完全に有効になる前に、バジリスクはその有効範囲外に跳んで逃れたのだ。

もう一度攻撃しようとしたソーコだったが、バジリスクと目が合いそうになり、慌てて木の陰に避難した。

「ソーコ、あんまり無理をするな」

「分かってるわよ、ケニー――でも、これならどう！」

ソーコが指を鳴らすと、『空間遮断（ギロチン）』で切断した周囲の木々がバジリスク目がけて倒れ始めた。

逃げ場のなくなったバジリスクは、唯一の脱出口である真上へ逃れるしかない。

そしてそこには、既にソーコが瞬間転移で待ち伏せていた。

「――『空間遮断（ギロチン）』」

今度こそ、ソーコはバジリスクを頭から尾にかけて左右に両断した。

「ソーコちゃん、逃げて！」

「っ⁉」

リオンの叫びに、ソーコは反射的に跳んだ。

直後、左右に裂けたバジリスクが、二頭に増えた。それぞれの身体が、瞬時に半身を再生させたのだ。そして、それぞれが胴体から紫色の煙を放ち始めた。毒の霧だ。

「マジか、何て回復力だよ。ソーコ、毒は喰らってないだろうな」

「リオンの声がなかったら、マズかったわ。リオン、助かったわ」

「どういたしま――ソーコちゃん、もう一回――！」

リオンが言い終わる前に、ソーコはリオンとケニーに手を当て、一緒に頭上へ跳んだ。

直後、ソーコ達がいた場所を、毒の霧の中から跳び出してきたバジリスクが通り過ぎていった。

あのまま、あの場所にいたら、全員丸呑みにされていたかもしれなかった。

三人は、それぞれ木の枝に分かれて着地した。

「……うわぁ、二つに分かれて素早さも上がってるし、あの毒の霧を取り除かないと、こっちからは攻撃もできないよ」

「リオン、もう他に対策は残ってないの？」

「じゃ、じゃあ、雄鶏……？　鳴き声を聞くと、死んじゃうんだって」

「何だって、そんな森の中で見つけにくい……あ、いや、いる！　ソーコ、ほら鶏、確か亜空間に収めてただろ！　雄鶏を出してくれ！」

「もう、雄鶏か雌鶏かの区別なんて私にはできないわよ！　だから、全部出すわ！」

ソーコは地上に瞬間転移すると、亜空間から生活魔術科で飼育している数十羽の鶏を一気に出現させた。

コッコッコッコ、コケ、コケーッ‼

森の中に鶏の鳴き声が響き、ビクッと毒の霧から出ていた方のバジリスクの身体が強張った。毒の霧も、噴出が途切れたようだ。

「カレット！」

「はいはい、全部聞いてたよー！　――『拡声(ヤッフル)』！」

逃げようとしたバジリスクだったが、遅かった。

二つの角錐台が出現したかと思うと、そこから鶏達の鳴き声が大音声で響き渡ったのだ。

「シャッ、ギャアアァァーーーーーッ‼」

バジリスクは悲鳴を上げ、その身体の色が一瞬で土色へと変わった。紫色の毒も同じく土色へと変化する。そしてそのまま土色の灰となり、風に流され崩れ落ちていった……。

「あ……石化が、解けていくみたいよ」

ソーコは、亜空間から石化していた森妖精(エルフ)を出現させた。

その石の身体は徐々に、白い肌へと戻っていく。

「ってことは、ちゃんと倒せたってことかな」

ホッと一息つくケニー達だった。

ソーコは、バジリスクのいた場所に積もった灰から出てきた、手のひらに乗るサイズの小さな蛇を捕まえた。

「こんな小さな蛇だったのね。リオン、種類は分かる？」

「種類も何も、本当に毒もない、ただの蛇だよ。……まあ、確かに雄鶏の声を聞いて、バジリスクは死んだよね。ケニー君、そっちにもいる？」

「ああ、同じ種類っぽいのがいた」

ケニーは、毒の霧が蔓延（まんえん）していたところに残っていた灰から、もう一匹蛇を引っ張り出した。

「じゃあ、逃がしちゃってもいいと思うけど……カー先生、どうします？」

ケニーは、カーに判断を仰いだ。

「そうですねぇ。本当に無害なら、殺しちゃうのも可哀想ですね。森妖精（エルフ）の皆さんは、どうですか？」

「……こちらも幸いなことに犠牲者は出ませんでしたし、倒した貴方達の意思を尊重します」

石から戻った森妖精（エルフ）達からも反対意見は出なかったので、小さな蛇は逃がすことにした。

さすがにこれ以上の脅威はもう出ないだろう。

あとはもう、この森を出るだけになった。

出発しようとしたケニーだったが、キーリンが大きな木の前に留（とど）まっているのに気がついた。

バジリスクが巻き付いていた木だ。老い木かと思ったが、どうもかなり若いようだ。

「無事でよかったのです……これは、とても大切な木なのですよ」

木の幹に手を当てて、キーリンは心の底からホッとしているようだった。

「思ったよりも頑丈な木だな。バジリスクが大きすぎたせいか、もっと細いのかと思ったけど」

「んー、霊樹の類（たぐい）かな。魔力が宿ってて、普通の木よりも強いんだよ」

リオンの説明に、そういうもんかと思うケニーだった。

それから歩くこと、小一時間ほどして、生活魔術科の一行は『迷いの森』を抜け出ることができた。

振り返ると、森は再び白い霧に包まれ始めていた。

そして森から世界樹の麓まではもう、目と鼻の先だ。

森妖精（エルフ）の郷は複数あり、その中でも最も大きな郷にたどり着けたのは、日が傾く直前だった。

郷で最も多いのは森妖精（エルフ）だが、それ以外にも人間、犬猫ウサギといったいろいろな獣人、ずんぐりむっくりした体躯（たいく）の山妖精（ドワーフ）、半人半樹の木人（もくじん）など、様々な種族が大通りを行き来している。

「着いたのですよー！」

「世界樹の麓というから、日差しは枝葉で遮られると思ったのだが、そうでもないのだな」

デイブが、世界樹から広がる枝葉を見上げた。

枝と葉の間から、橙（だいだい）がかった日差しが降り注いでいた。

「日陰が多いのには違いないけど、隙間も大きいからな」

デイブに対してケニーが答える。魔術学院の中でのデイブは素性を隠しているので、それに合わせてケニーも言葉遣いを変えているのだ。

「自然を活かした居住空間か。なかなか、興味深い」

「それにしても、盛り上がってるな。去年はもうちょっと、慎ましいというか大人しかった記憶があるんだが」

開花はまだだというのに、既にいくつかの屋台ができ、様々な横断幕も垂れている。

「百年に一度の開花なのですよ。収穫祭も、いつも以上に大々的になるのです」

キーリンの案内で、一行は大きな木造の建物の前に到着した。

そこに立っていたのは、着物を着た森妖精(エルフ)の青年と、他に見覚えがあるのは、石像になった同族を抱えて先に森の外へ出てもらっていた、偵察隊の森妖精(エルフ)達だった。人数が増えているのは、石像の呪いが解けた森妖精(エルフ)だろう。

「おお、戻ったか皆の衆。急ぎ、討伐隊を編成して『迷いの森』に向かおうとしてたところだったのだが、行き違いにならなくてよかった。そちらの方々が、同胞達を助けてくださった一行か。貴女が、代表の方ですかな」

青年は、カーを見た。

「私はこの森妖精(エルフ)の郷の長老を務めております。今回の件、我ら一同、誠に感謝しております」

「あ、は、はい。ど、どういたしまして」

「それと、ノースフィア魔術学院の一行でしたな。ささやかながら、宴の用意をしております。今宵はそちらで楽しんでいただければと思います。滞在する郷の挨拶やら諸々の手続きなどは、こちらの方で手配いたしますので、ごゆるりとされていってくだされ……」

「は、ははは、はい。よろしくお願いします」

こうして、ノースフィア魔術学院生活魔術科の一行は、森妖精(エルフ)達の手厚い歓迎を受けたのだった。

翌日の午後。

世界樹の枝葉はもう、全体が緩やかな明滅を繰り返していた。

開花が間近な証拠だ。そして、麓にある森妖精(エルフ)の郷に、ゴリアス・オッシ率いる戦闘魔術科の面々や、他の魔術科の一行がたどり着いたのは、正にこの時だった。

「はぁ……はぁ……何とかギリギリ、間に合ったようだな……」

世界樹は大きく、普段と違って輝き出しているのを確認するのは、遠目からでも可能だった。

そして、世界樹が開花するとき、結界を張るということを知っていた教師や生徒も何名かいた。

故に、そのことに気づいたオッシ達は、大急ぎでこの世界樹の麓に駆け込んだのだった。

行き交う人々が、その場にへたり込むオッシ達を見てクスクスと笑っていたが、取り繕うだけの気力も残っていなかった。

「せ、先生大変です！」

飛行や加速の魔術を扱え、先行していた生徒達が、オッシに駆け寄ってきた。

「……どうした？」

彼らには、この郷で宿を取る仕事を任せていた。

王都と違い、この森妖精(エルフ)の郷では、宿を予約するという習慣がないのだ。

基本的に飛び込みであり、それも駄目な場合はどこかの郷にホームステイしたり、無人となった郷を間借りしたりしなければならない。

大体、いつもその苦労をしているのは、生活魔術科だ。

オッシは、嫌な予感がした。

「世界樹の開花を聞きつけた人々が集まったせいで、いつもお世話になっている郷の宿が埋まってしまい、泊まれる場所がないんです！　伝承を調べようとしてる学者とか、森妖精（エルフ）と同じく世界樹の開花のことを知っていた長寿の種族とかで、例年以上の人出らしくて！」

生徒達の報告に、オッシは自分の嫌な予感が的中したことを確信した。

第二話　生活魔術師達、野菜を収穫する

世界樹の麓、森妖精の郷は幹に近づくほど栄え、遠ざかるほど畑が増えていく。

朝も早く、そんな畑を前に、生活魔術科の生徒達は、森妖精の青年から、講義を受けていた。

「マンドラゴラを知っている人は多いでしょう。引き抜く時に叫び声を上げ、引き抜いた相手を気絶させたり、死に至らしめたりします」

シルワリエスは、長い金髪をポニーテールにした、人々が森妖精と聞いて思い浮かべる、ほぼ理想的な青年だった。外見こそ青年だが、この畑の周辺をまとめている、それなりにえらい立場にあった。

生活魔術科の科長であるカーの友人であり、今は空き家になっている家屋を宿泊先として提供してくれた人物でもある。

「はい、そこの彼、質問ですか？」

そのシルワリエスが、まだ眠そうな生活魔術師の中から、挙手した小太りの生徒を指さした。

「気絶させたり死に至らしめたり、というのはつまり、個体差があるのか？　……ですか、だな」

「いい質問ですね。個体差ではなく、品種差でしょうか。一言にマンドラゴラといっても、様々な種類がありまして、強力なモノだと叫び声に含まれた魔力で死ぬこともあります。ここに生えてい

るのはそれほど強いモノではないので、せいぜい気絶する程度ですね」

シルワリェスの後ろに広がる畑には、等間隔で長い緑の葉が生えていた。

この土の下には、マンドラゴラが埋まっているのだ。

今は収穫期。どのマンドラゴラも、よく熟している頃合いだった。

「やはり、そういう死のリスクがある方が、マンドラゴラとしては稀少なのだろうか」

「そうですね。薬の材料としてはやはり貴重ですし、入手は難しいでしょう。でも、この辺りに生えているマンドラゴラは栽培も容易(たやす)く、作れる薬も幅が広いので、多く安いというのもそれはそれで、よいモノですよ」

「多いからこそ、作れる薬のノウハウも多いということか」

「はい、そういうことです。では、今日はこの畑に生えているマンドラゴラを、二人一組で引き抜いていきましょう。そのままだと気絶してしまいますから、それぞれで工夫してみてください。そして、使う魔術を麗しきカー先生に申請し、許可が出れば実演となります。では、それぞれペアを組んでください」

何故か、生徒達は微妙な表情をしたが、何かおかしなことを言っただろうかと首を傾げるシルワリェスであった。

シルワリェスが講義を行っている畑からやや離れたところにある、大きな木造建築。

キーリンは元気なステップで建物に歩み寄ると、勢いよく扉を開いた。

普段は集会場として利用されているそこの厨房では、三人の生活魔術師達が朝食の準備を行っていた。かまどの火がつき、熱気が厨房を包んでいる。

「おはよーございますなのです。今日のご飯当番はおにーさん達三人？　……三人だけで大丈夫なのですか？　結構な人数がいたと思うのですが」

キーリンの疑問に、頭を下げたのはマルティン・ハイランドだった。この建物とはややミスマッチな執事服だが、あまりに見事な着こなしに、それを指摘する者はいなかった。

種族は吸血鬼、上位の吸血貴族ホルスティン家の執事見習いである。

「おはようございます、キーリン様。問題はありません。こちらのラック様とタス様は、とても優秀な魔術師ですから」

「あ、うん、それは森の時に、何となく分かっているのですが……」

「では、始めましょうか、ラック様。——お皿は順番に並んでいてください。食器、ナプキンなどは先にテーブルの方へ」

マルティンの言葉に、積まれた食器が手も触れずに動き出し、集会場のホールへと飛んでいった。

「ふぇっ⁉」

ホールにあるテーブルには長い布が敷かれており、そこに食器達は等間隔で並んでいく。

まるで、自分で意思を持っているかのような動きだった。それを呆気にとられて見送ったキーリンだったが、厨房に視線を戻すと、ケニーと巨漢のタスもまた生活魔術を使っていた。

「『湯は沸け』『パンは焼けろ』。タス、肉や野菜の下ごしらえは任せていいか？」

鍋の湯が一瞬で沸騰し、この郷で作った自家製パンが狐色に焼き上がっていく。

「……」

口を真一文字に引き締めた大男が、ケニーを見た。

「タマ、タスを手伝ってくれ」

ケニーの懐から、灰色の球体が浮かび上がる。ケニーが造ったゴーレム玉のタマだ。

「……」

タスがニンジンを宙に放つと、高速回転するタマがその皮を剥(む)いていく。そして、タスの手元がフッと消えたかと思うと、ニンジンは一瞬でみじん切りとなって、大きなボウルに落ちていった。

タマが発動させたのはピーラーの生活魔術、タスが使用したのは包丁の生活魔術であった。

なるほど、確かに三人で充分なようだ。

「あわわわ……何だか、すごいのです。お手伝い、することがなさそうなのですよ」

朝ご飯の用意を手伝うつもりだったキーリンは、戸惑った。

助け船を出したのは、マルティンだった。

「お手伝いをということでしたら、お水の用意をお願いできますか？　あちらに水差しがありますので、お水を入れてテーブルに並べてください」

「分かりましたのです！　……あれ、この水差し、氷が入っているのです」

キーリンが水差しを覗(のぞ)き込むと、そこには小石ほどの大きさの氷がいくつも入っていた。

「それなら、タスがさっき作ってたらしい。氷結魔術だ」

「……」

ケニーの言葉に、コクンとタスが頷いた。

「おおぅ……何だか森妖精のボクの方が勉強になってる気がするのです。あ、昨日は機織りの実習でしたよね？　いかがでしたのですか？」

機織りは、森妖精の伝統工芸の一つだ。この郷で織られた布は、他の地で高く売れるのだ。

「ああ、中々、興味深いモノだった」

「こちらの赤い手拭いに織られている魔法陣は、見たことのない形なのです。まだ作りかけですが、確かソーコさんのですね」

キーリンは壁に寄せてある機織り機を指さした。

ソーコは課題である森妖精様式の織物は手早く作り終えており、二枚目に取りかかっているのだ。

「ソーコの時空魔術が東方の符術の形式で組み込まれているらしい。収納術で料理が一品入るようになっている。森妖精の精巧な機織技術があったから完成できたって言ってたな」

「それ、この世界樹の麓でも、高値で売れちゃうのですよ!?」

などと話していると、不意に外が騒がしくなった。

「……？」

タスも顔を上げる。この近くではない。距離は遠く、方角は畑の方だ。

「……これって、ソーコ達が実習に向かった方だよな？」

「野菜が暴れているようですね」

できあがった料理皿を指揮しながら、マルティンが言う。視線の先は壁だが、吸血鬼であるマルティンは壁を見透し、さらに遠視の力も有している。だから、畑の様子も分かるのだろう。

「そういえば、マンドラゴラ引き抜きの実習だったか」

それは騒ぎにもなるだろう。しかし、そんなケニーの言葉に、マルティンは首を振った。

「いえ、そうではなく、他の野菜も暴れているようです。ニンジンが飛来し、大根が蹴りを放ち、キャベツがスクラムを組んで皆さんに突撃していますね」

ふむ、とケニーはキーリンを見た。

「……なあ、キーリン。森妖精（エルフ）の郷っていうのは、野菜が飛んだり暴れたりが常識なのか？」

「そ、そんなことはないのです！　あ、でも……」

「でも？」

「世界樹が開花する時は、普段とは違う様々な現象が発生するそうですし、もしかするとそのせいかもしれないのです」

「しょうがない。助けに行くか……これ作り終わったら」

スープをかき混ぜるケニーに、キーリンは飛び上がった。

「料理は続けるのですか!?」

「本当にヤバかったらもう、マルティンが動いてるよ。ここにいるってことは、対処はできてるんだろ？」

「はい。むしろ、こちらに戻った時に食事の用意ができていない方が、問題かと思います」

「という訳だ」

えええええ、とキーリンは声にならない悲鳴を上げていた。

シルワリェスや生活魔術師達は、マンドラゴラの収穫など、している場合ではなかった。

彼らは、野菜達による襲撃への対応に追われていた。

周辺に住んでいる森妖精(エルフ)達も異常に気づき、生活魔術師達の戦いを手伝い始めていた。

「ねえ、ここの野菜、活きが良すぎよね」

「活きとかそういうレベルじゃないよ、ソーコちゃん!」

戦い慣れているソーコとリオンは、それぞれ時空魔術の『空間遮断(ギロチン)』と、三体の使い魔『力人(アーム)』で野菜達を制圧していた。

野菜が切り刻まれ、あるいは巨猿型の使い魔に押さえ込まれていく。勢いよく突撃してくるニンジンやキャベツもいたが、『力人(アーム)』の分厚い毛皮がその攻撃を阻んでいた。

「ぴぃ?」

リオンの裾を、火龍の仔であるフラムが引っ張った。

「え、あー……シルさん、こういう状況ですし、フラムちゃんが焼いちゃっても、いいですか?」

「全部は困りますけど、ある程度はしょうがないと思います。でも、火事になったりしませんか?」

シルワリェスの心配は、もっともだろう。一応開けているとはいえ、畑にはマンドラゴラの葉が飛び出したりしている。それに畑から少し離れた場所には森もあるのだ。

「それは大丈夫よ。あの子、燃やしたいモノ選べるから」

「へ？」

シルワリェスは、ソーコの言葉に戸惑った。

「フラムちゃん、やっちゃって！」

「ぴぃあ！」

「誰か、油出せる子いる？　揚げるわよ！」

ソーコの言葉に応え、生活魔術師の数人が、暴れる野菜達に向けて油を放った。

ボウッとフラムの口から炎が飛び出し、野菜達をこんがりと焼いていく。そのくせ、畑にはまったく延焼しないのだ。ジュウジュウと音を立て、焼けた野菜の香ばしい匂いが広がっていった。

「うわあ、美味しそうな匂いが漂ってきましたねえ……て、いやいや、そうじゃなくて、その仔何者なんです⁉」

火力調整が可能な謎生物（フラム）に驚く、シルワリェスであった。

「それは今度ゆっくり説明するとして、それより周りの状況を確認しに行ってもらえるかしら」

ソーコから突然そんなことを言われ、シルワリェスは戸惑った。

「はい？」

「はい？　じゃなくて。野菜が暴れてるのは、ここだけじゃないでしょ。それとも森妖精（エルフ）はみんな、あれ普通に撃退できてるの？」

シルワリェスは森妖精（エルフ）の郷の中でも、それなりの立場の人間だ。

ソーコや、担任のカーよりも、森妖精（エルフ）の中では話も通りやすいだろう。

「い、いえ、そんなことは！　じゃ、じゃあちょっと僕見に行ってきます！」

「気をつけてね。……で、リオン」

シルワリェスの足は速く、あっという間に世界樹の方へ消えていった。

シルワリェスを見送り、ソーコはリオンを見た。

「うん、わたし達の方も、ちょっとダメージ受けてるね。打撲程度だけど」

戦闘不能になったと思しき野菜に手を伸ばした途端、顎だの肩だのに不意打ちを食らい、痛みに顔をしかめている生徒がそれなりにいるようだ。

あとは、木の根などに足を引っかけ、転んでしまった生徒もいるようだ。これはもう、単純に自爆といってもいいだろう。

「っていうか、攻撃とか防御とかの話じゃなくて、収穫する時にやられてるんじゃない！　みんな、欲をかきすぎよ！」

「そんなこと言っても、普通の人はソーコちゃんみたいに亜空間に収納って訳にはいかないよ。しゃがんだ時とか、どうしても隙ができちゃうもの」

一方ソーコは、数メルト範囲ならば意識を向けるだけで、転がっている野菜を亜空間に送ることができる。

確かにこれで収穫に手間取る仲間達に文句を言うのは、理不尽だろう。もっともまだ元気な野菜達もいるし、ソーコは主に『空間遮断(ギロチン)』による切断をメインに行っていた。

切った野菜はそのまま、シルワリェスの手配で郷の市場に送られることになっていた。

「さすがに私も手一杯だし、全部の収穫やら治療までは手が回らないわね」

「み、皆さん、大丈夫ですか？」

ソーコが声の方を向くと、森妖精（エルフ）の郷の長老達に挨拶に行っていた、科長のカーの姿があった。

「先生、危ないわよ」

「そうみたいなので、イナバさん、スターフさん、ガードはお願いします！」

「いっそ清々（すがすが）しいほどの人任せね。フラム、任せるわ」

「ぴぁー」

ナスやキュウリを焼いていたフラムが、カーに向かって飛んでいった。

「ありがとうございます、フラムさん」

「ぴぅ！」

任せて、とカーに並んだフラムは鳴いた。

その後ろから、誰かが駆け寄ってきていた。金髪のポニーテール……シルワリェスだ。

「あ、シルさん戻ってきた。思ったより早いなあ。……森妖精（エルフ）の皆さんは、大丈夫でしたか？」

リオンの問いに、軽く息を整えながら、シルワリェスは答えた。

「ええ、軽傷者多数ってところですね。野菜の体当たりを食らったり、他は転んで膝をすりむいたりとか、魔術の使いすぎで目眩（めまい）を起こしたとか、そんな人がそれなりに。でも、命に関わるような怪我人はいませんでした。そこは、一安心です。ですが、女性の肌に打撲の痕が残るのは、一時的なモノとはいえ、辛いモノです……！」

クッと、シルワリェスは目尻を拭った。

「……泣くほどのことでもないでしょうに」

「乙女の柔肌ですよ⁉」

ソーコの言葉に、大事件です！　とシルワリェスは反論した。

「知らないわよ。とにかく、重傷者はいなかったってことでいいのね？」

「ええ、それは不幸中の幸いなことに、大丈夫です。ほぼ、収まったとみてよさそうですね」

「そうね。でも、前に世界樹が開花した時も、こういうの起こってたんでしょ？　何か対策とか、考えなかったの？」

ソーコに問われたシルワリェスは、難しい顔をした。

「それは難しいですよ。開花の時に、様々な現象が発生しますが、毎回同じという訳ではないのです。僕の憶えている限りでも、野菜が巨大化したこともあれば、水が湧き出したり、風が強く吹いたりとか、法則性がないんですよ。共通してるのは、世界樹が開花する時には、いろんなことが起こるってことですね」

「じゃあ、今回のこれは、割とろくでもない方ね」

「うーん、実害としてはそうですね」

「他に何があるのよ」

「味は、例年の数倍クオリティが高いです」

「ぴう！」

カーに抱きかかえられたフラムが、高い声を上げた。

「あ、フラムちゃんも、美味しかったたって言ってる」

「じゃあ、残ってるのも回収した方がいいわね。リオンはシルさんと、先生のフォローをお願い。フラムは私と一緒に回収作業で」

「うん、分かった」

「ぴっ！」

「あんまり食べすぎちゃダメよ。まだ朝ご飯も食べてないんだから」

「ぴーう♪」

ソーコの注意を聞いているのか怪しい鳴き声を、フラムは上げた。

「スターフさん。先生のフォローというのは何をするのでしょうか」

リオンに並び、シルワリェスは尋ねた。

「えっと、今、カー先生は怪我をしている人の手当てをしていますから、そのお手伝いをしようかと思います」

「手当て？　カー先生は、治癒師だったのですか？」

「あ、いえ、違います」

リオンはあっさり否定した。

治癒師とはそのまま、治癒系の魔術を扱う魔術師だ。

それ専門の魔術科も存在し、おそらくこの世界樹の麓のどこかで研修を行っているはずだが、どこに宿を取っているのかは、リオンは知らなかった。

「では、教会の聖職者か何かですか？」

教会、この場合はゴドー聖教の聖職者を指すが、彼らは神から祝福という、神の力の一部を使うことができ、特に傷を癒やし体力を回復させる力を多く有している。

魔術師と聖職者は決して相反する者ではなく、魔術を扱う聖職者、またはその逆も稀に存在する。

ただ、カーはこれにには該当しない。

「そういうのでもなくて……普通に、生活魔術師なんですけど」

「むむ？　よく分かりませんね。治癒の力を使う魔術というのは、僕もあまり聞かないのですが……」

シルワリエスは首を傾げた。

森妖精は魔術への適性が高く、またその知識も深い。

だが、傷を癒やす魔術というのは、専門である治癒魔術を除けばかなり少ないのだ。

「ま、まあ、それは直接見てもらった方が早いかと思います」

「それは、確かに」

負傷した生徒や森妖精は、数人単位で集められていた。

倒れている者はおらず、ほとんどが打撲による負傷か転んだ拍子にすりむいたかすり傷である。

「痛ちち……」

膝をすりむき、痛みに顔をしかめている生徒や森妖精の中心にカーは立ち、その手を高く天にかざした。

「はい、ちょっと染みますよー。でも、これをしっかりしとかないと、傷痕が腐ったりしちゃいますからね」

白い霧がカーの手から勢いよく噴き出し、周囲に柔らかく降り注いでいく。

「つっ……！」

染みるのか、負傷者達は顔をしかめた。

その間にも、負傷した膝に付着した土や血は霧によって洗い流され、傷の部分が透明な膜に覆われた。

この霧には、消毒と傷を塞ぐ効果があるのだ。

「はい。あとは大人しくしていてくださいねー」

「は、はい」

「消毒はほぼ終わりましたし、止血が済んでいない人、手を挙げてもらえますか？」

カーが呼びかけるが、挙手する生徒や森妖精(エルフ)はいなかった。

「じゃあ、いきますね」

カーは、次の負傷者の集まりに向かって、歩き出した。


「治癒というより治療ですね。回復効果とかはないんですよ。だから、体力とか魔力の回復を、わたし達はした方がいいんじゃないでしょうか」

リオンはシルワリェスに、カーがしていることを説明した。

傷の治癒も、本人の回復力頼みだ。

カーがしているのは、その補助に過ぎない。

補助に過ぎないが……シルワリェスの表情は引きつっていた。

「……大したことないふうに言ってるけど、あれ、範囲治療ですよね？」

あちこちで、消毒の霧を発生させているカーを指さし、シルワリェスは声を震わせていた。

普通に、高等魔術である。

「う、うーん、そうですね。カー先生自身は小さい魔術だから、魔力の消費は少ないって言ってたんですけど、やっぱり普通にすごいですよね」

「むしろ、僕達の方が先生に学ぶ必要があるような気がしてきましたよ。それで、体力や魔力の回復でしたっけ。それなら、薬草があるので貯蔵庫に行きましょうか」

シルワリェスは森を指さし、そちらに向かうことにした。

通常なら深い場所に群生する薬草も、世界樹の麓であるこの地ならば比較的浅い場所に生えているのだ。

そして、森の民である森妖精（エルフ）ならば、難なくその薬草を探すこともできた。

「あ……」

そんな声に振り返ると、リオンが森の入り口で足を止めていた。

「何か？」

そこで、シルワリェスは気づいた。

シルワリェスとリオンは、仮にも一組の男女である。

森の中に踏み入ることに、躊躇（ちゅうちょ）してもおかしくはない。

「大丈夫ですよ、スターフさん。僕は紳士です」

「え……？　あ、いえ、野菜が暴走しているなら、地面から抜いたとはいえ、薬草にも気をつけた方がいいかなと……」

　一瞬キョトンとしたリオンだったが、すぐに我に返ってそんなことを言った。

　しかし、その時にはもう、シルワリェスの足に蔓が絡みついていた。

　薬草から蔓が生えていた。

「わぷっ⁉」

　足下を引っ張られ、シルワリェスはうつ伏せに倒れた。

「シルさん⁉」


「『薬草、停まれ』」


　そんな声と共に、シルワリェスを引きずろうとする薬草の蔓は一瞬、動きを止めた。

　しかし、すぐに再び力を強めた。

「『薬草、停まれ』」

　声が繰り返すと、今度こそ、薬草は動かなくなった。

「ケニー君⁉」

　シルワリェスが顔を上げると、森の入り口に生活魔術師の一人、ケニー・ド・ラックが立っていた。

　その後ろには、鍋の載った台車を牽いた巨漢の生徒タスや、食器の載ったテーブルや椅子を率いたマルティン・ハイランドの姿があった。

　ひょこっとキーリンも、現れた。

「えらく時間がかかってるみたいだから、朝食こっちに持ってきたぞ。……っていっても、運搬はもっぱらタスとマルティンだけど」

「おはようございます」

「お、おはよう、マルティン君。それにタス君も」

「…………」

　リオンの挨拶に、タスは小さく頷いた。

　ソーコの体感では結構な時間戦っていた気もしていたが、ケニー達が朝食を用意してここまで運んできた時間を考えると、思ったよりも時は経っていないようだった。

　それでも、腹ぺこではあったが。遠くにはまだ、跳ねる野菜の姿が見えるが、畑周辺の野菜はあらかた回収したといってもいいだろう。

　予定外の、野外朝食となった。

「それで、なんで手こずってるんだ？」

「単純に、数が多いわね」

　パンを食べながら、ソーコはケニーに答えた。

さらにリオンも言葉を足してくる。

「あと、基本的には野菜だから、あんまり傷とかつけたくないんだよ。だから、みんな捕まえるのが難しいの」

「そもそも、野菜を相手にしてるって思うから失敗してるんじゃないか？」

「どういうことよ」

ソーコは眉をひそめ、畑の向こうで飛び跳ねている野菜を見た。

どう見ても、野菜ではないか。

「アレは動いてるんだから、動物だろ。興奮したウサギぐらいに思うぐらいが、ちょうどよくないか？　……というか、そういうのはリオンが得意だと思うんだが」

「え、わ、わたし？」

ケニーの指摘に、リオンは固まった。

「学院に来る前は、基本的には自給自足で、森で薬草とかキノコの他に野兎とかも獲ってたって話じゃないか。獣を捕まえる時には、どうするんだ？」

「そりゃ、まず相手がどういう動きをするか確認して……あっ！」

「それ……やってないわね」

相手は動く野菜であり、未知の生物だった。だからこそ、皆が痛い目に遭った。

まずすべきことは、相手の動きや性質を観察し、見極めること。

見かけに惑わされ、そこを失念しているのではないか、というのがケニーの指摘だった。

リオンは、しょぼんと俯いた。

「基本中の基本忘れてた……言われてみれば、野菜ごとにそれぞれ動きが違うよ」

「機敏に動く野菜が相手じゃ、普段通りにはいかないだろ。俺だっていきなりそんなモノに襲われたら、冷静じゃいられないさ。他人事みたいに距離を取ってたから、こんなことを言えてるんだ」

「野菜じゃなくて、動物として見るっていうのなら……他にも採れる方法があるよね。たとえば犬か何かを使って、標的を追い込んでいく狩猟型とか……」

　リオンは俯いたまま、考え込んだ。

「――この野菜ですが、従来のそれよりも精気に満ちています」

　マルティンは表情を変えず、手にしたタマネギを見つめていた。

「おそらく過剰に注がれた精気によって、野菜の暴走が発生したのでしょう」

「……精気が大量に注がれると、野菜って動くの？」

　ソーコは素朴にして、単純な疑問を口にした。

「寝たきりの老人だって起き上がりますし、そういうこともあるのではないでしょうか。もしくは動く部分に関しては、世界樹の開花による不思議現象で済ませてしまうか」

「解釈が雑すぎるわよ！」

「今重要なのは、何故こうなったかではなく、どう鎮めるかではないでしょうか。どうして動き出したかなどという話は、二の次です」

「……正論すぎるわね。でも、その話を持ち出したのは、マルティンでしょ？」

「解決策はあるのか」

　ケニーの問いに、マルティンは畑の向こうでまだ跳ね回っている野菜を、手で指し示した。

「大した策ではありません。動き続ければ、どんな生物も疲れます。究極的には、何にもせずにただ、彼らが動けなくなるまで待てば済むのではないでしょうか」

するとサラダを頬張っていたキーリンが、勢いよく手を挙げ身を乗り出した。

「はいはいはい！　でもそれだと野菜が方々に逃げちゃうと思うのです！　それは困るのです！」

「それは、ケニー君の『停まれ』じゃダメかな？」

「『野菜よ停まれ』か。確かにさっきの薬草と同じ要領で、野菜を停めることはできるかもしれない」

「そう、それなら――」

「――まあ、普段通りに使う分には大丈夫だが……相手は野菜だろ？　さっきの薬草でもそうだったけど、多分、普通の相手より効きづらいぞ。何せ、奴らには耳がない」

「……トンチみたいね」

ただ、無効化されるかといえば、そうでもない。

良い音楽を聴かせれば植物の育ちも良くなるという通り、それなりには効果はあるのだ。

「ま、だから通常通りに使うべきだろうな。じゃあ、朝食食べ終わったら、続きと行こうか」

朝食を終え、生活魔術科の生徒達は適当にいくつかのグループに分かれ、それぞれ畑の外れにある原っぱに向かった。ソーコ達は、いつもの『ブラウニーズ』の三人とフラム、それにマルティン、

タス、シルワリェスを加えたグループだった。

「私は、亜空間展開しとくから」

ソーコは両手を広げ、二つの亜空間の穴を作った。これで、いつでも野菜の収穫は可能だ。

「うん。出て、『白狼（ハクロー）』！」

リオンは使い魔を呼び出した。白い狼（おおかみ）の使い魔だ。それが三頭。

「お、新しい使い魔か」

「うん、昨日、森妖精（エルフ）の郷の市場に行ったんだけど、いろいろ売ってたんだよ。狼とか猪（いのしし）の毛皮とか。その毛を使ったの。『白狼（ハクロー）』、野菜達を追い込んで」

「わぉん！」

『白狼（ハクロー）』達が駆け出した。

「ぴぅー……」

フラムが、自分はどうするのー？　と少し寂しそうに鳴いていた。

「フラムちゃんも？　じゃあ、『白狼（ハクロー）』と競争だね」

「ぴぃ！」

目を輝かせたフラムは、『白狼（ハクロー）』を追って飛び立った。

「シルさん、網は？」

「うん、もう準備はできてるよ。蔓を編むなんて、森妖精（エルフ）にとっては朝飯前だからね」

シルワリェスは、蔓でできた網を広げた。

「食べ終わったけどな、朝食。――『標的（ターゲット）』」

ケニーが唱えると、原っぱのあちこちに赤い光が立った。

「……ケニー、今のは？」

「野菜に目印（マーキング）しといた。できるだけ、逃がしたくないみたいだからな」

つまり、光の立っている場所に野菜がいる。フラムや『白狼（ハクロー）』の吠える声が響くたびに、方々に散っていた光が狭まっていく。

赤い光と共に、野菜の群れがこちらに近づいてくるのを、ソーコは確認した。

「『野菜よ、停まれ』」

ケニーが『七つ言葉（セブン・ワード）』で野菜の動きを鈍らせ、その隙にタスが大包丁、シルワリェスは細剣（レイピア）で両断していく。これらを、ソーコが次々と回収していった。

「じゃあ、ある程度捕まえたら、『白狼（ハクロー）』から『玉猪（マルチョ）』に変えるね。もう一種類の新しい使い魔。あの子、鼻が利くんだよ」

「頼む」

ケニーの『七つ言葉（セブン・ワード）』は、声が届くところまでが有効範囲だ。大きな声を張り上げ続けるのも負担が大きいし、ある程度まで減らしたら、索敵もリオンが行うことになった。

そのリオンが、不意に足を止め、耳を澄ませた。

「……ケニー君、向こうに手強いのがいるみたい」

「具体的には？」

「音が大きいの。……つまり、大きくて、重い。動きは鈍いけど、これって、結構多い……？」

リオンの言葉に応えるように出現したのは、ジャガイモだった。

ゴロゴロと転がるそれらは、一つ一つが人の背丈ほどもあり、それが数十はある。

まるで大岩だ。

ジャガイモ達はリオン達の姿を認めると、転がる勢いを増して、こちらに迫ってきた。

「ちょっ、大きすぎでしょう⁉　どんな栄養吸ったら、ジャガイモがあんなに育つんですか⁉」

たまらず、シルワリエスが叫んだ。

「この郷の住人が一番驚いてどうするんですか」

「この郷の住人だから、驚いているんですよ⁉」

「そりゃごもっとも」

ケニーのツッコミに、間髪入れずシルワリェスは答えた。

「…………」

包丁を腰の後ろに差した鞘に戻し、前に出たのはタスだ。

「お、出てくれるのか。助かる」

「…………」

タスはコクンと頷いた。

「ちょ、あの、ひ、一人で大丈夫なんですか⁉　いくら何でも、相手が大きすぎるというか潰されちゃいますよ⁉」

「そこは、大丈夫。相手はモンスターとかじゃなくて、野菜だし」

「どう違うんですか⁉」

もう、ジャガイモの群れは目と鼻の先だ。

「………」

タスはスッと手を前に出し、小さく呟いた。

途端に、目前のジャガイモが一口大、幾百、幾千もの細かい欠片となって砕け散った。

ジャガイモの欠片は地面に落ちる前に、ソーコが亜空間に収納していく。

「調理系生活魔術『乱切り』だ」

「……は？」

シルワリェスの目が、点になった。

その間も、次から次へとジャガイモが迫り、タスによって切り刻まれていく。

「キャベツは『千切り』で頼む」

「…………(コクン)」

遠くに見える、大きなキャベツを確かめ、タスは頷いた。

「いやいやいや、何ですかこれ？　あんな攻撃力あるんだったらもう、あの人一人でいいんじゃないですか？」

シルワリェスは頭を抱えていた。

実際、もうほとんど彼一人が働いているようなものではないか。

「うーん、今回は相手が野菜だったから上手いこと嵌まったけど、タスは戦士じゃないからなぁ」

「あの体格で⁉　いやまあ確かに、皆さんは戦士ではなく魔術師ですけど……」

「そういうことじゃなくて、アイツ料理人だから。食材以外は切らない主義なんですよ」

自分の包丁は、食材を捌くためにある、というのがタスの言い分だった。

ソーコが手にした袋は、小さな白い粒が入っていた。

「マルティン、じゃあ私はこれ使ってもらうわ」

は戸惑っていた。一体『カレー』とは、何なのか。

マルティンの言葉に、生活魔術師達の士気が、静かに高まった。謎の戦意高揚に、シルワリェス
ことをお約束いたしましょう」

「これは……香辛料ですね。ケニー様、ありがとうございます。……最高の『カレー』を振る舞う
ケニーが投げた瓶の匂いを嗅ぎ、普段あまり表情を動かさないマルティンが、軽く目を見開いた。

「マルティン、これを使ってくれ」

り力になれず申し訳なく思っております」

「ですので、大したことではありません。明け方なので、夜よりも吸える量は遥かに少なく、あま
「マルティンの場合は、生活魔術じゃなくて吸血鬼としての種族特性ですよ。『吸精』です」

シルワリェスは声を震わせ、ケニーに尋ねた。

「あちらはあちらで一体、どんな術を使っているのですか……？」

が触れるとまるで時間が止まったかのように静止していっていた。

荒ぶるという表現がふさわしい勢いで転がってくるジャガイモやキャベツだったが、マルティン
「お昼は、シチューにしましょうか」

そしてもう一人、タスの後ろから現れたのは、マルティンだった。

「うん、よく言われてる」

「なんて勿体(もったい)ない」

「白米……ソーコ様、確か、在庫は残り少なかったのでは？」

「だから、使うべきところを選んでいるのよ。カレーなら、ご飯が必要でしょ？」

「承知いたしました」

「シルさん、この辺りではどんな獣が捕れる？」

　ケニーのこれまでより引き締まった声に、シルワリェスは普段の狩猟を思い出す。

　森妖精（エルフ）は肉を食べないという俗説があるが、実際には狩りも行い、肉も魚も食べるのだ。少なくともこの世界樹の麓に住む、森妖精（エルフ）は食べるのだ。

「え、ああ、野兎とか鹿とかいますけど……」

「リオン、忙しいところを悪いけど肉を調達だ。煮込む時間を考えると、できるだけ早い方がいい」

「りょ、了解。……うわ、ケニー君が本気だぁ」

「その気になれば、煮込み時間を短縮するような生活魔術もあるんじゃないですか？」

「あ、えーと、その……」

　シルワリェスの問いに、リオンは口ごもった。

「それは何となく邪道な気がするんで、却下」

　それはつまり、あることはあるのですね？　とシルワリェスは思ったが、黙っておくことにした。

それから昼近くまで、彼らは周辺の野菜を追い込んでは、回収していった。

そして畑の手前まで戻り、分かれていた他のグループと合流した。

「ほぼ、回収は完了したようですね」

マルティンが大きな鍋をかき混ぜながら周囲を見渡すが、もう動き回る野菜の姿はないようだ。

「シルさん、ここ以外って、どうなっているんですかね」

ソーコが長いテーブルをいくつも亜空間から出現させ、ケニーはそこに皿を並べながらシルワリエスを見た。

「郷のあちこちに、僕のように土地を管理している者がいますから、その単位で事態を収めていますよ。麓近くには自警団もありますから、どうにもならなければそちらを頼るでしょう……それにしても、いい匂いですね」

「このお水、美味しいのです！」

提供された冷水を口にし、キーリンが目を見開いた。

「ありがとうございます。野菜に含まれた精気を水に移したモノです。活力が増す効果がありますす」

「うん、元気が出た気がするのです！」

マルティンが小さく頭を下げた。

「カレーの完成まで、もうしばらくお待ちください」

「これ、我慢しなきゃならないのですか？　すごくお腹が減るのですよ……」

じゅる、と溢（あふ）れそうになる涎（よだれ）を手で拭いながら、キーリンは、香ばしい匂いを漂わせる茶色の鍋を覗き込んでいた。

「ねえ、一つ気になるんだけど、畑のマンドラゴラは大丈夫なの？　どうして動かないのかしら」

「そうですね……これは推測ですが、マンドラゴラは精気をため込む容量が他の植物よりも大きいのではないでしょうか。だから、他の植物と同じように影響を受けても、動くレベルには達していないのではと考えられます」

　シルワリェスの推測に、ソーコはホッと息を吐いた。

「それはよかったわ。あんなのが一斉に地中から抜け出して、悲鳴を上げたら、堪らないもの」

「確かにそれは、考えるだけでも恐ろしいですね」

「ちょうど『耳栓（シズマル）』っていう、周囲の音をなくす生活魔術は習得してたんだけど、使う機会がなくてよかったんだか、残念なんだか」

　ソーコはぼやきながら、昼食の準備を手伝うのだった。

　昼食のカレーを食べ終え、生活魔術師達は集会場に戻ってきた。
「はい、それじゃトラブルも落ち着いたことですし、通常の研修を行うのです！　昨日の続きで機織りを行うのですよ。森妖精（エルフ）の伝統工芸品を作るのです」
「それはいいけど、どうしてキーリンが講師になってんのよ」
「ボクが一番得意だからです。えへん」

ソーコのツッコミに、キーリンが胸を張っていた。

研修は、いくつかのグループに分かれており、機織りで布を織るグループ、弓と矢を作るグループ、森妖精（エルフ）の伝統料理を作るグループなどがある。

なお、ケニーが何を選んだかは推して知るべしである。

「ソーコさんは筋がいいのですよ」

完成された一作目、緑色の手拭いをキーリンは広げた。

緑を下地に茶色や黒など、木と土の色で織られた、森妖精（エルフ）伝統の文様だ。ソーコは二作目に取りかかっており、これは自由に織ってみていいというので、赤い手拭いを作成中である。

「おだてても何も出ないわよ」

手を休めないまま、ソーコは言う。

「ぬぬ、本当のことを言っただけなのですが？」

「褒めても何も出ないわよ。まあ、飴（あめ）ぐらいならあげるわ」

ソーコは亜空間から飴を出現させ、キーリンの手に落とした。

「ありがとうございますなのです。これ、美味しいですね。王都にはこんなモノも売っているのですか」

受け取ったキーリンは飴を口にし、目を見開いていた。

柑橘系の飴である。

「それは生活魔術科（ウィッチ）で作った、自家製よ」

「とても甘いのです！」

「効果は、体力回復だったかしら」

「飴に付与効果があるのですか⁉」

「生活魔術科だからね。ちょっと魔力が回復しやすくなったり、声が良く通ったりする飴もあるわ」

「はぇー……すごいのですね。しかも話しながらも、手を休めないソーコさんはすごいのです」

「これぐらい、誰でもできるわよ」

ソーコの手の中ではどんどんと赤い手拭いが完成に向かい、形が作られていっていた。

「誰でもはできないと思うのです。ふむふむ、もう完成間近なのですね。では、もっとお話ししましょう」

「……この課題って、作り終えたら、自由に休んでもいいんじゃなかったかしら」

さすがに一枚目完成の時点では時間が余りすぎたので、二枚目を織っていただけなのだ。

「そもそも、講師の仕事はいいの？」

「大丈夫なのです。皆さん、問題なく進んでいるのですよ。失敗しそうな人は、ちゃんと気づくのです。ではソーコさん、終わるまでお話なのですよ」

「……私、床屋でも基本的に喋らない客なのよ」

手を動かす速度を上げながら、ソーコはため息をついた。

「はい？　それが何か？」

「はぁ……皮肉が一切、通じないみたいね。それで？　あいにくと私、自分で話題持ち出すの苦手なんだけど」

「ソーコさんは、ジェントの出身なのですよね？　その国の話を聞きたいのです」

「なんで」

「興味があるからなのです！」

「って言われてもね……」

ジェントのことを話せと言われても、漠然としすぎている。

何を話せというのか、というのがソーコの本音である。

「風の噂では、家の造りがここみたいに、木でできているとか、聞いたことがあるのです」

「ああ……言われてみれば、そうね。こっちだと大体石だけど、ウチの国だと木とか紙とか」

「紙の家があるのですか⁉　風が吹けば、吹き飛ばされちゃいますよ！」

感動したように言うキーリンに、誤解を受ける発言だったかと、ソーコは反省した。

「いえ、襖とか障子とか……家の中で使う扉や窓みたいなモノよ。全体じゃなくて、部品として使ってるだけだし」

「ほうほう、フスマ、ショージ。興味深いです」

食いつくキーリンに、ソーコは助けを求めるように厨房の方に視線を向けた。

ソーコのアイコンタクトを受けたケニーは、隣でパン生地を練っているリオンに小声で囁いた。

「……リオン、どうする？」

「うーん……内容には全然問題ないし、キーちゃんの好奇心を遮るのも、気の毒な気がするんだよねぇ」

「ってことだ。ソーコ頑張れ」

ケニーは、小さく手を振った。

薄情者、とソーコが声には出さずに口を動かした。

結局、キーリンの質問攻めは、ソーコが二枚目の手拭いを織り終えても終わることがなく、満足するまで続いたのだった。

「ふはぁ……遠い異国、憧れるのです」

手を合わせ、目をキラキラとさせるキーリンとは対照的に、ソーコは気力を根こそぎ奪われたように、突っ伏していた。

「……ソーコちゃんが、燃え尽きた灰みたいになってるから、ちょっとお茶入れてくるね」

森妖精（エルフ）料理の研修を終えたリオンが、小走りで厨房に戻っていった。

「キーリン、少しは手加減してやってくれ。ソーコは、あんまり会話が上手い方じゃないんだ」

ケニーはソーコの顔を覗き込んだ。口から魂が抜けかかっているようだ。

「あははは、ついつい、聞きすぎてしまったのです」

「キーリンは、他の国に興味があるんだな」

ケニーは、ソーコの赤い手拭いを広げた。精巧な魔法陣が織られた、見事な一品だ。

「はい。物心ついた時から、ずっとこの世界樹の近くにいたのです。なので、旅人さんからお話を聞くのが、好きなのですよ」

「夢を壊すようで悪いけど、外の世界もいいことばかりじゃないぞ。治安の悪い国もあったり、旅の途中で山賊に襲われたりとかもあるんだからな」

ケニーには、魔術学院に通う前には、あちこちの土地を移動した経験がある。

経験者は語る、である。

「そうかもしれません。でも、やっぱり他の国の生活や文化を聞くのは、楽しいのです」

「自分で行ってみようって気は……さすがにもう少し大きくなってからか」

さすがに、キーリンは一人旅をするには幼すぎる。

もう少し成長してからだろう。

「あははは……いろいろと事情はあるのです」

「何やら盛り上がっていますね。キーリンちゃん、僕と結婚しませんか」

にこやかに、シルワリェスはキーリンにプロポーズした。

「しないのです！」

「特に盛り上がってないですよ。ただの世間話です」

「そこは、嘘でも盛り上がってると言ってほしかったのです⁉」

どこぞの王子様みたいだな、とケニーは思ったが、知っている彼よりも嫌悪感がないのはおそらく、強権的ではないからだろう。挨拶のノリでプロポーズするのは、それはそれでどうかと思うが。

「ところでシルさん、手を動かしながら、ちょっと気になったことができたんですがね」

「完全にスルーされたのです⁉」

「ま、まあまあ……それで、気になったこととは？　もっと料理の腕を磨きたいとかでしょうか？」

「それはありますけど、今朝方の野菜の話なんですよね。……人間の国の畑だと、害獣が出て、その対策を怠ると、作物に被害が出ます」

「それは、この森妖精（エルフ）の郷でも同じですね。獣除けの結界を張っていて、畑に立ち入らないようにしていますよ」

「……それは、内から外に出るモノにも通じるんですかね？」

妙な質問と思ったのか、シルワリェスは目を瞬かせた。

「それは……どうでしょうか。試したことがないので、何とも言えませんが……えっと、つまり何が言いたいのですか？」

「動く野菜が、その結界の外に出た場合、獣やモンスターが食べるんじゃないかと。そうなると、かなりマズくないですか？」

「……確かに、マズいですね。精気がたっぷり詰まった野菜です。アレをそのまま獣やモンスターが食べたとすれば……」

バン！　と勢いよく集会場の扉が開き、森妖精（エルフ）の青年が飛び込んできた。

「シルワリェス大変だ‼　郷のあちこちで獣やモンスターが暴れ回り始めた！」

「どうやら、タイミングバッチリですね」

「まったく嬉しくない、タイミングですよ！」

シルワリェスは叫び、集会場を飛び出した。

生活魔術科は、畑を見に行く組と、麓を見に行く組とで半分ずつに分かれた。

畑を見に行く組はカーが率い、世界樹の麓組はシルワリェスが率いることとなった。

ケニー達『ブラウニーズ』は、麓組となった。

家があちこちに点在する畑周辺とは違い、壁のような巨大な世界樹の幹を背にした民家や店が集まる、麓近くの郷は、普段は人も多く賑(にぎ)やかだ。

だが、だからこそモンスターなどが暴れた時の被害は、目に見えて分かりやすい。

家屋には穴が空き、露店の商品が散らばり、あちこちから煙が上がっていた。

凶暴化した犬猫に追われて逃げ惑う人も多く、そこかしこでパニックが起こっていた。

「こっちも、随分大変なことになっているな。シルさん、どうすればいいですかね」

「そうですね。まずは女性と子どもの避難を優先させましょう」

「年寄りはいいんですかね?」

「森妖精(エルフ)のご老人方は大体若手よりも強いから、自力で何とかしますよ。そうでなくても、重鎮さんは僕達が来るより前に、誰かが避難させているでしょう」

「そういうもんか」

何にしろ、目の前で泣いている迷子や、子どもの名前を呼んで彷徨(さまよ)う母親がいるなら、手助けするべきだろう。

ケニー達は手分けをして、避難作業を手伝うことにした。

「ケニー君、上!」

リオンの叫びで、ケニーは足を止めた。

直後、世界樹から巨大なトンボ型モンスターと、緋色(ひいろ)のローブを羽織った魔術師が降ってきた。

トンボ型モンスター――青い身体を持つブルー・ドラゴンフライと呼ばれるモンスター――は、既に力尽きているのかそのまま地面に叩きつけられ、緋色のローブ――戦闘魔術科の生徒は着地直前に風の魔術を起こして、軟着陸に成功していた。

アリオスはケニー達を見て、ふん、と鼻を鳴らした。

ケニーも見覚えがある。確か、アリオス・スペードといったか。戦闘魔術科の、エースの青年だ。

「何だ、生活魔術科か。何しに来た」

「一般市民の避難誘導の手伝いだよ。仕事の邪魔をしないでもらおうか」

「テメエ、こっちが言おうとした台詞を取るんじゃねえよ！」

「危ない！」

「っ！」

アリオスの頭上から襲いかかろうとした青い巨大トンボに、鋭い声を発しながらリオンが袋を投げつけていた。

「食らいなさい！」

動きを乱したブルー・ドラゴンフライを、シルワリェスの放った魔力の矢が貫いた。

先に地面に落下したブルー・ドラゴンフライに重なるように、モンスターは倒れ伏した。

「シルさんも、やりますね」

「ははは、ちょっとはいいところを見せられましたかね。誰か、惚(ほ)れてくれました？」

「惚れないわよ」

「あはは、格好良くはありましたよ」

「ぴぃ！」

女性陣は一蹴、苦笑いと反応は様々だったが、シルワリェスに惚れてはいないようだった。

一瞬気まずそうな顔をしながらも、アリオスはリオンに声を掛けた。

「なあ、さっきのは一体何だ？」

「え、あ、袋に詰めた虫除けの薬だけど」

「じゃあ、こっちに寄越せよ。今、前線にいるオレ達にこそ必要だろ」

こちらが使うのが当然、というふうにアリオスは手をリオンに伸ばした。

それに割り込んだのは、ソーコだ。

「何言ってるのよ。避難する人に持たせるべきでしょ」

「ああ？　雑用係が口答えたぁ随分えらくなったじゃねえか」

「その雑用係に助けられといて、何でそんな大きな口をたたけるのか不思議だわ」

「んだと⁉」

「何よ⁉」

さすがに殴り合いになることはないだろうが、ケニーが仲裁に入った。

「まあまあ、今は喧嘩してる場合じゃないだろ。それに虫除けは戦闘魔術科には渡せないというか、渡しても意味がない」

「どういうことだよ」

「虫を倒そうとしてるのに、虫除け使ってどうするんだよ。モンスター、近づいてこなくなるぞ？」

「…………」

一瞬虚を衝かれた表情をしたアリオスだったが、やがてケニーの指摘が的を射ていることに気づき、顔を赤くした。

「と、とにかく！　オレ達の邪魔はすんじゃねーぞ！　足手まといだ！」

言って、アリオスは世界樹の枝へと飛び立っていった。

そんなやり取りの後ろで、デイブ・ロウ・モーリエは世界樹を見上げ、荒れた街並みを見渡した。

「キーリン、いるか？」

その声に応えるように、小柄な森妖精（エルフ）が姿を現した。

「はいなのです！　おや、えーと確かデフさん？」

「デイブだ。少し話がある。森妖精（エルフ）は魔術が得意と聞いているが、こういう魔術は知っているか？」

言って、デイブはこっそりと、自分が使える魔術をキーリンに見せた。

「……おお、面白い魔術なのです」

キーリンは、デイブが使った魔術に目を輝かせた。

「知らないいんだな？」

「うん。この辺りじゃ、見ないのです。えーと……こうなのですか？」

いとも容易く、キーリンは今見たばかりの魔術を使ってみせた。

「デイブ様。足下が、滑ります」

デイブに付き従う古代オルドグラム王朝の人造人間、ノインが平淡な声で言った。

「……習得に、どれぐらいかかりそうか聞こうかと思ったが、必要なさそうだな。お前に、頼みがある」

「はい、いいですよ？」

デイブは口を開き、閉じ、そして不機嫌な顔になった。

「……頼もうとしている立場でなんだが、話を聞く前にそんなあっさり頷くのはどうかと思うぞ」

「でも、困っているのですよね？　なら、お助けするのが当然なのです」

ふん、と不愉快に息を吐き、デイブは頭を掻いた。

「……己の精神が汚れてるなあ、って考えちまうな。とにかく、やってほしいことを説明するぞ？　二つあるから、ちゃんと憶えとけよ。一つは森妖精達にやってもらいたいこと、もう一つはあくまで他の奴らに余裕があればの頼みだ」

「はいなのです！」

デイブから詳しい説明を聞いて、キーリンは駆け出した。

そしてデイブは、ノインを連れて前に出た。

「おい、お前達、これはどうにかならねえのか。空の連中のことだ。……『ブラウニーズ』への依頼だ」

一応、最後はシルワリェスのことを気にして、小声でケニーに囁いた。

「了解。地上はいいんですかね」

「そっちは最悪、剣でも槍でもどうにでもできる。しかし、空を飛んでる奴は厄介だろうが。矢にしろ魔術にしろ、こうも数が多いと消耗の方が大きい」

「もっともな意見ですね。とはいえ、世界樹の上の方は戦闘魔術科の連中が、縄張りにしてるし」

「下らねえ考えだな」

デイブは吐き捨てるように言った。

「まったくその通りなんですけどね。じゃあ、そうですね、それは俺達が何とかしましょう。そうすれば、森妖精や戦闘魔術科の連中も地上に専念できる」

「頼めるか？」

「やりますけど、じゃあ代わりに、こっち頼めますか？　リオンが作った虫除けを、まだ避難し切れてない住人に配って、避難所に誘導する仕事です」

ケニーは、虫除けの入った小袋をデイブに渡した。

「任せろ。だが、数がいるな。おい、ソーコ。道具袋を用意しろ」

「護衛とかなくて大丈夫？　アンタ一応、王子でしょ？」

中が亜空間に繋がっている道具袋を、ソーコはデイブに預けた。

リオンが作った虫除けのストックも、既に中に詰められていた。

「心配するな。護衛なら、アテがある」

「じゃ、じゃあこれ、お願いします」

リオンが、道具袋に手持ちの虫除けの小袋を入れた。

「ああ。じゃあ行くぞ、ノイン。いいかお前ら、ヤバいと思ったら逃げろよ！」

言って、ドタドタとデイブは駆け出した。その後ろを、ノインがついていく。

彼らの後ろ姿を見送り、ソーコは小さく息を吐いた。

「別に『ブラウニーズ』への依頼じゃなくて、クラスメイトへの頼みでもいいのに。水くさいわね」

「この場合、この国の王族から冒険者への直接依頼の方が筋だって思ったんだろ。だったら、こっちもそれなりに頑張らせてもらおうじゃないか」

「これ全部、倒すのは結構大変だよね」

リオンは空を漂う、虫型のモンスターを見上げた。トンボだけではなく、アブっぽいのやバッタっぽいモンスターの姿も、世界樹の枝を行き来する様子が見受けられた。

「そうでもない。見たところ、暴走してるのは虫ばっかりだろ？　鳥が見当たらないのは……リオン」

木の上から、リオン達にはずいぶんと聞き慣れた、鳥の鳴き声が響いていた。

「あ、うん、コロンちゃんとティールちゃんが鳴いてる。虫系以外、鳥系モンスターなんかは、有翼人のみんなが駆逐してくれてるみたい。そっちは任せても大丈夫そう」

「じゃあ、始めようか」

言ってケニーが歩き出したのは、世界樹とは反対方向だった。

「何する気？」

「あんなのいちいち上に昇って相手にしてたら、こっちも疲れるからな。引き寄せよう」

地上から数十メルト上にある世界樹の枝は、よほど注意を散漫にするか、モンスターの襲撃に遭わなければ落ちることはないほど一本一本が太い。

機敏に飛び回る虫型モンスターは、戦闘魔術科の生徒達でも倒すのは難しい。

彼らは森妖精（エルフ）の自警団と協力して、少しずつ虫達を駆逐していっていた。

変化があったのは、アリオスが地上から戻って少し経ってからだった。目に見えて、モンスターの数が減っていっていた。いや、どこかに向かって、飛んでいっているのだ。

「何だ……？　急に虫共が移動を始めた……？」

「アリオス、減ってきててもまだ残ってるわよ！　油断しないで！」

雷撃でトンボを叩き落としながら、パーティーの仲間でもある女魔術師、ワーキンが叫んだ。

「油断なんてしてねーよ！　ちょっと気になっただけじゃねーか！　とにかくこの辺の奴らをぶっ飛ばして、逃げた奴らを追うぞ！」

「いえ、逃げた虫はこちらで対処いたしましょう」

現れた金髪をポニーテールにした森妖精（エルフ）が、魔力の矢を放ちながら言った。

「森妖精（エルフ）か！　アンタ、確か生活魔術科といた……」

「問題は、ない」

アリオスの言葉を遮ったのは、聞き慣れた渋い声だった。

その声に、戦闘魔術科の生徒達の間に、安堵（あんど）の空気が漂った。

「オッシ先生！」

地上からアリオス達の高さまで浮かび上がってきたのは、ゴリアス・オッシだった。

「我々は、ここを制圧した後、地上で暴れているモンスターに対応する。怪我人や魔力枯渇の危険がある者は、医務室を用意してもらっている。そちらへ向かえ。まだ戦える者は私に続くように」

「はい！」

「では、よろしくお願いします」

金髪の森妖精（エルフ）――シルワリェスは、オッシに軽く一礼し、地上へと飛び降りた。

「それにしても、戦闘魔術科に知られずこっそり作業したいなんて、何をするつもりなんでしょうね、ケニー君達」

呟き、地上に着地したシルワリェスはケニー達を追うべく、駆け出した。

茂みの間から、極端に大きな角を持つ鹿、クラウンディアーが飛び出してきて、ソーコに襲いかかった。
しかし、鹿が激突する直前に、ソーコは消え、鹿の後ろに回り込んでいた。
ソーコが時空魔術で数秒時を停め、鹿の奇襲を回避したのだ。

そしてクラウンディアーは首を切断され、その場に崩れ落ちた。

「ちょ、ねえ、何か地上のモンスター、私にばかり集中してない？」

モンスターの奇襲は、今回が初めてではない。

ウサギやら山羊（やぎ）やら蝙蝠（こうもり）やら、ひっきりなしに襲撃を繰り返しているのだ。

それも、ソーコにばかりである。

「間違いなくしてるな。多分、ソーコが一番野菜を持ってるって思われてるんじゃないか。ほら、朝の戦闘で大量に回収しただろ？」

「持ってるのは事実だから、それ狙いだとしたらすごい本能だよね。どうして亜空間に収納したのが、分かるのかな」

幸い、ある程度はリオンの野生の勘が働いて事前に対応できるのだが、それにだって限界がある。

「感心してる場合じゃないわよ、リオンとフラム！　ケニーが何かしようとしてるんでしょ？　こんな状況じゃ、私は距離を取った方がよさそうだし、ケニーのガードは任せたわよ！」

ソーコの決断は早く、モンスター達を引き付けようと単独行動することにした。

「う、うん。ソーコちゃんも気をつけて！」

「ぴぃあ！」

「それは、こっちの台詞！」

言い捨てながら、ソーコは森の中を小走りに進み始めた。

◇◇◇

虫除けの袋の効果はてきめんで、少なくともデイブとノインが避難民を誘導している間、虫系のモンスターに襲われることはなかった。

問題は、地上で暴れ回る獣系のモンスターだったが、これもデイブ達にとっては問題なかった。

大きなアルマジロ型モンスターが高速回転しながらこちらに向かってきたが、デイブ達に迫る前に、屈強な壮年の男の刃に切り伏せられてしまった。

「デイブ殿下、こちらはほぼ終わりました。ただ、いくらか様子を窺っているモンスターの気配が感じられますな。避難の方は、いかがですか？」

男は剣を鞘に収め、デイブに頭を下げた。

身なりこそ平服だが、明らかに鍛えられた身体の持ち主だ。

エイム・ストロング。この国の将軍職にある男である。

「ああ、ロン爺ご苦労だったな。避難は終わったと見ていいだろう。俺様はこれから、避難所の様子を見に行く。テル爺をこっちの護衛につけるから、ロン爺は残りを始末し次第、俺様の後を追ってくれ」

「はっ！」

「では、道案内は私にお任せあれ！」

空から降ってきた小太りの男は、ジョー・デックス。王宮に勤める博士号を持つ学者であり、またフィールドワークの達人でもあった。

「殿下、お疲れではありませんか？　ひとまず『回復』を掛けておきましょう。ノイン殿も」

丸眼鏡に蓬髪の男は、プレイヤ・エジル。ゴドー聖教の司教の位にある男だ。

「エジル爺。お前は途中から医務室へ行ってもらう。幸い死傷者はいないようだが、怪我人が減るに越したことはないからな」

「了解いたしました」

「それでは、殿は私が務めることにいたしましょう。よろしいですな、皆様方」

地味な灰色のローブを羽織った片眼鏡の紳士は、ハインテル・インテル。デイブがテル爺と呼ぶ、王国の筆頭宮廷魔術師である。

彼らは揃って、デイブの教育係を務めていた男達であった。

彼らこそが、デイブの言う『護衛のアテ』だった。

デイブが学院の魔術研修として、森妖精の郷に向かうことになったので、その護衛として秘密裏に動いた……などということはなく、世界樹の開花を聞きつけ休暇を申請し、四人揃って共にこの地を訪れていたのだ。

要するに、彼らがこの場に居合わせたのは、偶々であった。

どうしてデイブが彼らがこの地にいることを知っていたかというと、この四人が要職に就いている一方、大変な趣味人でもあることも知っていたからであった。

こんな、世界樹の開花などという面白そうなイベントに、彼らがいないはずがないのである。

ちょっと大丈夫かこの国、と思ってしまうデイブであったが、仕事はできる男達でもあるので、休暇の前にすべきことは済ませているはずなのだ。

そんな頼もしい四人の護衛を引き連れ、デイブは森の道を進んでいた。

「む、あれは……」

先導をしていたデックス博士が、足を止め、森の茂みに視線をやった。

デイブもそれを覗き込むと、そこにいたのはケニーとリオン、それにフラムであった。


「タマ、やれ」

ケニーが呼びかけると、草色のローブからゴーレム玉のタマが飛び出した。

そして、ケニー達の頭上に浮かび上がると、回転をしながら明滅を繰り返し始める。

ケニーが小さく「『虫よ集え』」と囁くと、タマがそれに応えるように一度だけ高い音を立てた。

高音が鎮まると、タマは低い音を奏で始めた。

「っ……！　ケ、ケニー君、今のって」

思わず耳を手で覆っていたリオンが、ケニーを見た。

「高音は、限界までボリュームを高めたスピーカーだ。連続で使うと壊れるから、『七つ言葉（セブン・ワード）』は一回こっきりだな。……まあ、多分充分寄ってくると思うが」

「あの光は？　それに何かの匂いもするんだけど……？」

リオンはいぶかしげな顔をしながら、クンと鼻を鳴らした。

「……メチャクチャ薄い匂いのはずなのに、よく分かるな。どういう種類の虫系モンスターがいるか分からなかったから、とにかくありったけ、光に反応する虫に向けての点滅、低音は求愛の鳴き声とかフェロモンとかを発生させている。あと、リオン。頼んだモノはできたか？」

「う、うん。こっちもできるだけ効く殺虫剤を作ったつもりだけど……」

リオンは、地面に小さなたき火を用意していた。

使われる燃え種は、虫にとって毒となる成分を含む薬草の類だ。

フラムが、口から小さく火を吐き、草に点火した。

緩く細く、煙が立ち上っていく。

「……ついでに植物が枯れたり、鹿や猪もぶっ倒れたりとか、しないよな？」

「それもう殺虫剤じゃないよね⁉」

などと話していると、空の方々から低い羽音が響き始めた。

「来たな」

「来たねえ……」

ケニーはいつも通り、リオンは緊張を孕んだ呟きを漏らした。

そして姿を現したのは、無数の虫の群れ。

様々な種類の虫系モンスターが、タマに殺到し始めた……が、その動きは次第に鈍くなっていく。

リオンの用意した殺虫成分の煙が、虫達を弱体化させていたのだ。

「頃合いだな――タマ、やれ！」

光と音と匂いで虫を引き寄せていたタマが、赤く光った。

ただ光っただけではない。内部から高熱を放っているのだ。

そして、不意にその姿が掻き消えたかと思うと、無数の破裂音が響き渡り、宙を飛んでいた虫達が重い音を立てて地面に落ちてきた。

集まった虫型モンスター達を、高熱を纏ったタマが焼き殺しているのだ。

一方的な蹂躙が数十秒ほど続き、やがて森には虫の死骸と黒い煙、そして虫の焦げた臭いだけが残ったのだった。

「殲滅、完了だな」

「焼いちゃうと素材が取れなくなっちゃうから、ちょっと勿体ない気がするけどね」

「ぴぃ！」

「ん、フラムちゃん、残ってる虫達、倒してくれるの？」

「ぴぁー」

そうなの頑張るよ、と一鳴きして、フラムが空へと飛び立った。

その様子をこっそり覗いていたデイブは、小さく息を吐いた。

「おっかねえなあ、アイツら。ま、『ブラウニーズ』の連中も無事、務めを果たしてくれているようだな」

「殿下、あの球体は……」

デックス博士が、声を震わせタマを指さしていた。

所有者の意のままに行われる浮遊や高速空中機動、発光や発熱、万能たる聖霊へと通じる『七つ言葉』に耐えるだけの頑強さ。

いずれも破格の性能だ。

「タマのことか。ケニーが造ったゴーレムだ。クス爺、欲しいのか？」

「欲しいといえば欲しいですが……己の力で作り上げたいと思います。近づくような真似はできませんので。ただ、もしもあの方が手放すようなことがあれば、是非手に入れたいとは思っています」

「もちろん、公平に競り合ってですぞ」

「左様左様」

抜け駆けは厳禁とばかりに、インテル卿とエジル司教が話に割り込んだ。

「勿論無論」

ここにはいない、ストロング将軍も欲しがるだろう。だが、それはあくまで、あの方が自分の意思で手放す時が来た時のみ。それまでは、あくまで見守るだけに留めておく。

それが、四人の間で交わされた、暗黙の了解であった。

「そういえば、いつの間にかソーコがいないな。大体三人一組なのに、珍しいこともあるもんだ」

「狐の娘でしたか。あの子ならば、広場の方に向かっておりましたぞ。ちょうど、ストロング将軍が頑張っている辺りですな。手伝いに引き返しますか？」

デックス博士の提案に、デイブは首を振った。

「いらねえよ。ロン爺がいるんなら、問題ねえだろ。それに、一応援軍は頼んでおいた。俺達は予定通り避難所へ向かう」

「かしこまりました、デイブ殿下」

そうして、デイブ達一行はケニー達に気づかれることなく、避難所へと向かったのだった。

「――『空間遮断（ギロチン）』」

催眠効果を持つ息を吐くユメミバクというモンスターを両断し、ソーコは一息ついた。

「森妖精（エルフ）はあんまりお肉食べないって聞くし、当分肉類には困らなそうね」

「ふい、狐の嬢ちゃん助かったぞ」

近づいてきた壮年の男に、ソーコは顔を向けた。

「オジサンこそ、ご苦労様。……双月祭の時、お店に来た？」

「おお、これはまた、大したものだ。君は、客の顔をすべて覚えておるのかね」

顎髭（あごひげ）を撫（な）でながら、男――エイム・ストロング将軍は感心しているようだった。

余裕ぶっているが、内心では割と焦っていた。

一応、将軍職にあることは秘密にした、お忍びでの花見なのだ。

ソーコはそんなストロング将軍に構わず、言葉を続けた。

「まさか。何となく印象に残ってる人だけよ。一般人っぽい格好してたけど、軍人みたいとか思ったわ。他の人達も何か、貴族とかそんなのだったんじゃない？」

ギクギクギクと、ソーコの言葉がストロング将軍の心臓に突き刺さる。

「ふ、ふぅむ、私達もまだまだだな。……さて、雑談もここまでだな。ではもう一踏ん張りといくとするか」

ストロング将軍は、鞘に収めていた剣を抜いた。

複数の重い足音が、響いてきていた。

「……これはまた、老骨には堪えるタイプのがきたな」

通りを、雄牛型モンスターの群れが駆けていた。数十のカッパーオックス、数体のシルバーオックス、そして一番奥に光り輝くゴールドオックスの姿が認められる。

その群れは、ソーコに気づくと一斉に駆け寄ってきた。まるで肉の津波だが、ソーコは怯まない。

その肝の据わりようにストロング将軍も、内心見事と思っていた。

「嬢ちゃん」

「ソーコよ。ソーコ・イナバ」

「イナバ嬢。どうやらボスは、君にご執心のようだぞ」

もっとも、他の牛たちも明らかにソーコを狙っているようだが。

「牛に惚れられるようなコトした覚えは、ないんだけどね。じゃあ、他は任せられるかしら」

「やれんとは言わんが、この量は少々厳しいなぁ」

「そういうことなら！」

そんな綺麗ながらもよく響く声が、ソーコ達の後ろから届いた。

「お爺ちゃん、耳塞いで！」

ソーコは己の狐耳を、パタンと倒した。

「せめてオジサンにしてくれんか！　仲間内では若い方なのだぞ！」

抗議しながらも、ストロング将軍も剣を手放し、耳を塞いだ。

二人の間を割るように進み、生活魔術師の一人カレット・ハンドが最前線に立った。

「すぅ……」

カレットが、大きく息を吸う。カレットが得意とするのは、音声魔術。

その肺活量を全力で使った『大音声(フルボリューム)』は、もはや音波兵器といっても過言ではない。

「―――――アァ―――――アァ――ッ‼」

カレットの放った声により、土は舞い、草が吹き飛ぶ。

そして真正面にいたカッパーオックス達も影響をもろに受け、声にやられて昏倒(こんとう)していた。

さらに後ろにいたカッパーオックス達も、気絶し倒れた仲間に足を取られて、転倒してしまう。

それでも、群れは半分残っている。

カレットが大急ぎで交代すると、今度は森に生えている木の枝のあちこちから、森妖精(エルフ)が出現した。指揮を執るのは、キーリンだ。

「せーの、第二弾‼」

森妖精(エルフ)達が魔術を放つと、雄牛型モンスター達の周辺の土が、鏡面のようにツルツルに輝いた。

ツルツルなのは見た目だけではない。

カッパーオックス達は足を取られ、その場に転がり、立ち上がろうとしても軒並み失敗していた。

「大成功！」

森妖精(エルフ)達が歓声を上げ、グッと、キーリンは拳を作った。

その様子を、ソーコは見上げていた。

「生活魔術の『ワックス』……？　ちょっとキーリン、誰から教わったのよ」

「えーと、デフって人なのです。二つ指示を受けてて、森妖精(エルフ)のみんなに広めといてって頼まれて、教えていたのです。あともう一つの指示は、できれば援軍を、って頼まれていたので、カレットさんを呼んだのですよ。なので、足止めはバッチリなのですよ！」

「では、そこを潜り抜けた者どもは、私が相手をしよう。まあシルバーオックス数体程度なら、何ら問題はない」

耳を塞ぐ時に放り投げていた剣を拾い、ストロング将軍はこちらに迫ろうとするシルバーオックスに相対した。

カッパーオックス達はほぼ倒せたものの、後ろに続いていたシルバーオックス達、ゴールドオックスは無傷だ。しかも倒れたカッパーオックスを踏みつけ、こちらに向かってきていた。

なるほど『ワックス』の生活魔術は地面に掛けられているが、倒れたカッパーオックスを足場にすれば、そのまま渡ることもできるだろう。

ストロング将軍は振り返らず、ソーコに声を掛けた。

「——予定通り、黄金のは任せてよいかな？」

「しょうがないわね」

◇◇◇

まるで破城槌（はじょうつい）のような一撃が、ソーコに迫る。

「ソーコさん！」

キーリンの悲鳴が、木の上から聞こえてきた。

ソーコはゴールドオックスがぶつかる直前に、真上に瞬間転移、間髪入れずに『空間遮断（ギロチン）』を放った。

が、そこからゴールドオックスはさらに加速し、『空間遮断(ギロチン)』の間合いから逃れることに成功していた。そして速度をほとんど緩めないまま、逆方向にターンし、ソーコに角を突き出した。

が、これもソーコは瞬間転移で回避する。

再度の『空間遮断(ギロチン)』も、やはりゴールドオックスは逃れてみせた。

しかも今度は、後ろ脚でソーコを蹴り飛ばそうとする。

「手強い。しかも、頭もいいわね……瞬間転移からの『空間遮断(ギロチン)』を回避するとか、トップクラスの冒険者でも難しいと思うんだけど」

「ブルルルル……」

距離を取ったゴールドオックスは後ろ脚を蹴り、再び突進の構えを見せていた。

次は仕留める。その意思が、ソーコにも伝わってきていた。

……っていうか、他のモンスターと違って冷静よね、コイツ。

暴走しているのじゃなくて、単に強い奴と戦いたいとか、そんな印象を受ける。

なら、自分はその強者として認められているってことか。

それはそれで光栄なことだけれど、とソーコは考えつつも、別の思考はならば、と、この相手から冷静さを奪う方法を思いついていた。

「これなら、どうかしら」

「ブルッ!?」

ソーコが亜空間から赤い布を取り出すと、ゴールドオックスは目を丸くした。

研修で織った、手拭いである。

「ほらほら、どうよ」

ヒラヒラと赤い布を振ると、ゴールドオックスの目がそれを追う。

「ブルッ、ルルルル……‼」

本人の意思とは無関係に、どうやら本能がそれをさせているようだった。

よし、とソーコは内心で、握り拳を作っていた。何かの本で読んだ、牛には赤い布が効く、という内容を憶えていて良かった。あとは、どうやって倒すかだ。

「こっちよ」

ソーコは、世界樹から遠ざかるように駆け出した。

「ソーコさん、どこ行くのですか！」

「秘密よ！」

キーリンの叫びに、ソーコは一言で返した。

……下手するとこの牛、人の言葉分かってる可能性もあるしね。

そして、短い転移でゴールドオックスを引き離しすぎないよう、距離を調整しながら、ソーコは目的の場所へと向かうのだった。

到着したのは、森を抜けたところにある、畑だった。

「ここら辺でいいわね」

振り返ると、ゴールドオックスも追いついてきた。

「決着といきましょうか」

「ブルッ‼」

今度は逃がさない、と再び後ろ脚で地面を蹴る、ゴールドオックス。

「悪いわね。私、魔術師だから真っ向勝負とかする気ないのよ。……アンタ、ここがどこか分かってないわね？」

「ブルゥ……？」

ゴールドオックスの反応に、やっぱりこの子、人間の言葉分かってるっぽいなあと思う、ソーコだった。

それはともかく。

「ここはね――」

そして、ソーコは時空魔術を発動させた。

「――郊外にある、マンドラゴラの畑よ」

ヒュッとソーコが手を上げると、周辺の畑に生えていたマンドラゴラの葉が消え、大量のマンドラゴラが空中に出現した。

紫色の根の部分は、苦悶（くもん）する人の顔に酷似していた。

そしてその口に当たる部分が開いたかと思うと、

「――――ッ‼　――――ツァ――――‼」

カレットの『大音声（フルボリューム）』を上回る悲鳴が、響き渡った。

それに、ゴールドオックスが耐えられるはずもなく、泡を吹いてその場に倒れ込んでしまった。

一方、ソーコもタダでは済まなかった。

狐耳を倒し、さらにこれを手で覆い、その上で『耳栓（シズマル）』の生活魔術を使ってなお、マンドラゴラの悲鳴は頭に響いたのであった。

耳を塞ぐことができないゴールドオックスには、どれだけのダメージであったか。

「すごいわね。死んでないわ」

ソーコは、ゴールドオックスを足でつついた。

ビクビクと震えながらも、ゴールドオックスはまだ、息があったのだ。この畑のマンドラゴラが、相手を気絶させる種類のモノだったからかもしれない。

「イナバ様」

静かな声と共に、執事服姿のマルティン・ハイランドが立っていた。

「マルティン、来てくれたの。じゃあ、あとは任せるわ」

この牛からも、精気を抜けば大人しくなるだろう。とにかく、珍しく本気で戦い、ソーコは疲弊していた。さっさとベッドに倒れて、眠ってしまいたい。

「はい——いえ、お待ちください」

珍しく、マルティンの声には焦りが含まれていた。

「どうやら、起き上がりそうです」

「早いわね⁉」

マルティンの言う通り、ゴールドオックスはヨロヨロと身体を起こし始めた。一度昏倒したからか、暴走する様子もなく目には理性が宿っていた。

「私も驚いています。どうやら敵意はないようですね。何か、イナバ様に伝えたいことがあるようです」

「ブルゥ……」

ゴールドオックスは一鳴きするとゴロンと転がり、お腹を見せた。

「……マルティン、これってもしかして」

「恭順のポーズですね。イナバ様に仕えたいという申し出ではないかと思われます」

マルティンの言葉に、ソーコは髪を掻いた。

騒ぎが収まり、世界樹に近い方では復興活動が行われているようだったが、郊外といってもいい畑周辺は、平和なものだった。夕飯にはまだ早い時間、さすがにあのような騒動があって、今日予定されていた研修は、すべてキャンセルとなった。
なので、割り当てられた家で昼寝をする者、改めて食事を取る者、とくに何をするでもなくボーッとする者など、生活魔術科の生徒達は思い思いの形で休息を取っていた。
「それでそのゴールドオックス、従うようになったっていうのか」
ケニー達は、畑の傍にピクニックシートを広げて、軽食を取っていた。

「正確にはその後、お腹も空いてたみたいだから野菜あげたら、従うようになったというか」

ケニーに向かって、ソーコは肩を竦めた。その膝の上には、手のひらサイズになったゴールドオックスが、キャベツをムシャムシャと食べていた。

「可愛い！」

「ぴあぁ！」

リオンとフラムが、歓声を上げた。

「ブルゥ⁉」

迫るリオンの手とフラムの頭から逃れるべく、ゴールドオックスは素早くソーコの背中に隠れた。

「近すぎ。怯えさせてどうするのよ」

「ブァッ‼」

ソーコの背中で、ゴールドオックスは吠えた。

「怯えてないって言ってるよ？」

「リオンはまた、ナチュラルに動物の言葉を通訳するし……」

ソーコは呆れ、ため息をついた。

「でも、どうしてこんなに小さいの？」

「私が時空魔術で縮めたからよ。連れ回すにしろ、本来の大きさだといろいろと差し障りがあるし、仮に使役するにしても餌代も大変だしね。乗ったりする時は元に戻すけど」

そんな話をしていると、シルワリェスが近づいてきた。

「皆さん、今日はお疲れ様でした。そして、協力ありがとうございました。晩ご飯はささやかながら宴を開こうと思います」

「そういうことなら、手伝おうか」

立ち上がったのはケニーだ。調理に参加する気満々のケニーの様子に、シルワリェスは慌てた。

「え、いや、あの……僕達森妖精からのお礼なので、料理ができあがるのを待っていただければ……」

「みんなでやった方が効率的だし、どういう料理を作るのか、作り方を見るのも参考になると思うんですよ」

「……森妖精の調理法を盗みたいだけね、これは」

付き合いの長いソーコとリオンは、頷き合った。

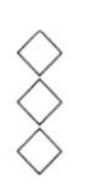

一方同時刻、世界樹の麓にほど近い場所。

戦闘魔術科の生徒達が回収した野菜（の破片）を前に、森妖精達は難しい顔で、唸っていた。

「ちょっとこれは、売り物になりませんねぇ……」

「も、申し訳ない」

さすがに、ゴリアス・オッシも恐縮する。

両断された野菜などならまだ、市場で処理の仕様もあるが、シートの上に広がっているこれらはもはや、残骸である。別の場所に置かれている、虫型モンスターの死骸も同様だ。

素材となる部分がボロボロで、買い取りようがないのだ。

「手伝ってくれたことには感謝していますが、損害もかなり出てしまいましたね……」

「うむ。野菜や果物は、可能な限り無傷でと、生徒達に事前に伝え損ねてしまったのが、失敗でしたな」

オッシは渋い顔をした。

おかげで、被害は甚大。その割に得られる成果は少ないと、誠に残念な結果となっていた。

「ところで、倒していただいた虫類は、食事として提供できますが、いかがいたしましょうか？」

「い、いや、結構。我々で砕けてしまった野菜類を引き取って、食べさせていただこう」

森妖精(エルフ)達の提案を断り、野菜料理でこの日の晩を凌(しの)ぐこととなった、戦闘魔術科の魔術師達であった。

第三話　生活魔術師達、祭事を手伝う

植物や周辺モンスターの暴走から、三日が経過した。

世界樹の麓から十数メルト上空。戦闘魔術科の生徒、ワーキン・クインドルが立っている世界樹の枝は、大の大人二人が並んで歩けるほど太く、そして逞しかった。

しかも、彼女が今いる枝が特別太い訳ではなく、他の枝も似たようなモノだ。

それらの枝が幾重にも重なり、立体通路のようになっていた。

「はぁ……はぁ……」

荒い息を整えながら汗ばんだ額に張り付いた髪を払い、腰に差していた水袋を口に含む。

枝のあちこちで、ワーキン達戦闘魔術科の生徒達や森妖精（エルフ）達と、世界樹に棲むモンスターとの戦いが行われていた。そのほとんどが、虫タイプのモンスターだ。

戦闘魔術科の生徒達は、この世界樹に棲むモンスターの討伐という課題をこなしていた。

ワーキンの前に新たに現れた、カナブン型のモンスターは、一抱えほどもある大きさだ。

突進力が強く、しかも空中を機動するその様は、人間とは比べものにならないほど素早い。

「ふぅっ……」

悠長に、正確な呪文を唱えていては間に合わない。

実戦用の短縮詠唱、それも一撃を重くを心がけなければならない。カナブン型モンスターの軌道を読み、ワーキンは杖を向け――ようとして、背後の気配に気づいた。

もう一体、背後から同じ種類のモンスターが迫ってきていたのだ。

「きゃあっ‼」

悲鳴と同時に、ワーキンは身を翻していた。

ワーキンを後ろから襲おうとしたカナブン型モンスターが、金色の光に包まれる。

雷撃の魔術だ。しかし、ワーキンが放ったモノではない。

もう一体、正面にいた同じモンスターも、雷撃魔術によって撃ち落とされてしまう。

「ワーキン・クインドル。君は疲れてくると、正面だけを意識しがちだ」

静かに、ワーキンの前に着地したのは、戦闘魔術科の科長ゴリアス・オッシであった。

「せ、先生」

ワーキンに、ゴリアス・オッシが軽く何か投げつけてきた。

回復薬（ポーション）だ。受け取り、口に含むと、少し楽になった。

立ち上がって、オッシの前に立つ。

「常に、周囲に気を配りたまえ。多少攻撃力が落ちても構わん。君の課題は、まず継戦能力の向上だ。体力を三割残して、息継ぎをしろ。余裕を持て」

「は、はい。ありがとうございます」

ゴリアス・オッシが指を鳴らすと、周囲にうっすらと赤い膜が出現した。カナブン型モンスターがこちらに気づき迫ってくるが、赤い膜に触れた途端、バチンッという炸裂音と共に、焼け焦げた。

灼熱の結界魔術だ。

「魔力が回復したら、行きたまえ。休憩している間も、戦いから目を離してはならん。敵の戦力があとどれだけ残っているかや、攻撃パターンの解析。他のクラスメイトの動きを見て、自分ならどうするかイメージしたまえ。すべきことは山のようにあるぞ。特に、この世界樹での戦いが普段の訓練と違うことをクインドル、君も感じているだろう？」

ん？　と、オッシがワーキンを見下ろしてくる。答えろ、ということだろう。

「はい……まず、足場が不安定です。いえ、世界樹の枝自体は頑丈ですが、もしも強い攻撃魔術を発動して、折れてしまったら、と考えると使える術が限られてしまいます。また、落ちたらという不安もあります」

「加えて、多くのモンスターが陸だけではなく空中から襲ってくる。虫や鳥だからな。気を配る方角が、いつもの数倍となる。つまり、精神的なプレッシャーが普段よりもかかるのだよ。これは以前の臨海学校でも、同じことが言える」

オッシの答えに、ワーキンは夏にあったイベントを思い出した。

「……海の中だと呼吸ができない。モンスターの襲撃は全方位。動きそのモノが陸と異なる。火の魔術は使えず雷の魔術は周囲に拡散してしまう、ですね」

「そう考えれば、まだ足が地面に接する分、気が楽かもしれんな」

ふん、とオッシは鼻で笑った。

その時、遠くで戦闘魔術科の生徒が、複数のカナブン型モンスターに取り囲まれようとしていた。

「あ……！」

それに気づき、思わず声を上げるワーキンだったが、オッシは見もせずに指を鳴らした。

「問題はない」

ボッと、戦闘魔術科の生徒の正面にいたカナブン型モンスターが燃え上がった。それに気づき、生徒はそこを潜り抜け、危機を脱した。一瞬、誰がやったのかと周囲を見渡したが、それどころではないと気づいたのだろう。すぐに、残りのモンスターとの戦闘に、戻っていく。

オッシは、人差し指を自分の口に当てた。

「……皆には、黙っておくように。落ちてもフォローがあると分かれば、訓練にならんからな」

「はい」

自分の担任は、こうして生徒達に気づかれないように、フォローを入れてくれているようだった。

なるほど、道理で戦闘の激しさの割には、戦闘不能(リタイヤ)にまで陥る生徒が少ない訳だ。

他人事ではない。ワーキンも、何度か怪我を負い、医務室の世話になったことはある。

「ただ、怪我人が多いのは、ちょっと気になります」

「確かにな。治癒魔術科だけでは手が足りんから、他の魔術科にも助力を求めたが……」

「依怙贔屓(えこひいき)してんじゃねーぞ、コラァ!!」

地上の方から、聞き覚えのある威勢のいい声が響いてきた。

「今の声は……」

「……アリオスの馬鹿です。何やってんのよ、アイツ」

オッシの問いに、ワーキンは額に手を当て、頭を振った。

世界樹の麓、広場にはいくつものシートが広げられ、負傷した戦闘魔術科の生徒や森妖精が横になっていた。そして、その間を行き来するのは、白いローブの治癒魔術師達だ。

けれど、それだけではない。人手が足りないということで、他の魔術科の生徒達も治療の手伝いを行っていた。草色のローブ、生活魔術科の生徒達は『応急手当』の生活魔術で、傷を塞いだり、痛みを鎮めたりを行っていた。

習得していない生徒も、シーツの交換や食事の用意を行ったりしている。

……が、その中でも、小さな諍いが発生していた。

怒鳴ったのは、癖毛の戦闘魔術科生徒、アリオス・スペードだ。

そして平然とアリオスと向き合っているのは、生活魔術科の生徒、ソーコ・イナバであった。

その背後には、森妖精のキーリンもいたが、ソーコの方が背が低いので、隠れきっていなかった。

「贔屓なんてしてないわよ」

「じゃあ、何でお前は、森妖精ばっかり治療してるんだよ！」

アリオスの怒声に、ソーコはピクッと反応した。

「……お前？」

「っ……！」

目の周辺を覆う狐面で、ソーコの表情は半分分からない。

けれど、お前呼ばわりに不機嫌になったというのは伝わったのか、アリオスはわずかに怯んだ。

それでも即座に立ち直る辺り、戦闘魔術科のエースだけのことはあった。

ソーコに向かって指を突きつけてくる。

「分かってんだぞ。お前ら生活魔術科は、戦闘魔術科が気に食わないから、治療を後回しにしてるんだろ！　そういう陰険な真似が気に食わねえっつってんだよ！」

「はい、これ」

ソーコは、亜空間から手鏡を取り出し、アリオスに向けた。

当然、鏡面にはアリオスの顔が映っている。

「何だよ」

「見ての通り、鏡よ。自己紹介、お疲れ様」

ソーコに言われ、アリオスは顔を真っ赤にした。

「テメエ……‼」

「ソ、ソーコさん、相手を刺激しちゃダメなのです！」

キーリンが、ソーコの着物を引っ張った。けれど、ソーコは止まらない。

「本当のことを言われて怒るのは、図星を指されているからよ。軽傷者と重傷者、どっちを優先するかなんて馬鹿でも分かるんだから、分からないのは馬鹿以下ってことでしょ。戦闘魔術科が気に食わないから？　完全な言いがかりじゃない。単に、この馬鹿以下が生活魔術科が気に食わないって難癖つけてるだけよ。大体、それだけ喋る元気があるなら治療する必要もないでしょ。さっさと前線に戻りなさいな」

「こ、こ、ここ、この……！」

アリオスの顔は真っ赤を通り越して、もはや赤黒くなっていた。

その怒りも、ソーコは一蹴した。おそらく、モンスターの駆除が進まないストレスと、自身が負った怪我が原因で精神的に余裕がないのだろう。けれど、ソーコの知ったことではない。

馬鹿以下の相手にいつまでも関わっていられるほど、ソーコは暇ではないのだ。

「時間の無駄よ。人手が足りないからって、私達は頼まれてここに来ているの。アンタ、何もしないならまだともかく、積極的に仕事の邪魔をするレベルの無能なの？」

「……ソーコさん、よくそこまでスラスラと言えるのです」

キーリンは、少し呆れているようだった。

「普通に思ってることを、口にしてるだけよ。本当に、時間を無駄にしてるわ。さ、治療の手伝いに戻るわよ」

「え、でも……」

「おい、まだ話は終わって……」

身を翻すソーコを追おうと、アリオスが手を伸ばす。その身体が、黒い影に覆われた。

見上げると、カブトムシ型の巨大なモンスターが降ってくるところだった。

「な――」

アリオスが絶句し、身を硬直させた。

「……『空間遮断(ギロチン)』」

ソーコが呟くと、カブトムシ型モンスターの身体が空中で両断された。

「えい、やっ……！」

キーリンが植物魔術を使い、地中から太い蔓を出現させる。その蔓が、空中で二つに分かたれたカブトムシ型モンスターの死骸を、広場の外へと放り捨てた。

「行くわよ、キーリン」

「は、はいなのです！」

何が起こったのかいまだに理解できていないアリオスを放って、ソーコとキーリンはその場を去ったのだった。

その様子を、世界樹の枝からゴリアス・オッシとワーキン・クインドルも見下ろしていた。

「い、今、何が、起こったの……？」

ワーキンは一部始終を見ても、理解ができなかったようだ。

ある程度の推測ができている、オッシとは違う。

オッシは灼熱の結界を解いた。

「クインドル。そろそろ回復したのではないかね？　フォローが必要だ。行きたまえ」

「あ、はい」

ワーキンが『飛翔（フライン）』の魔術で飛び立っていったのを見送り、オッシは地上に降りた。

先ほどの、アリオスの頭上で起こったモンスターの両断。アレはおそらく、ソーコの仕業だ。

ソーコが使う生活魔術は『収納術』であり、それでどうやってあんな真似ができるのか……そこまでは、オッシには分からない。しかし、冬期休暇中にあった天空城での一件で、オッシは居合わせた生活魔術科の生徒達の潜在能力を垣間見た。

ソーコだけではない。ケニー・ド・ラックやリオン・スターフにしても、おそらく真の力とでもいうべき何かを隠している。根拠といえば、オッシが天空城で経験したいくつかの事象ぐらいだが、若い頃、戦場に身を置いていたオッシの勘が、それを告げているのだ。

……というか、双月祭の時に暴れていた謎の女冒険者、キキョウ・ナツメの正体は、やはりあのソーコ・イナバではないのか？

証拠はないが、疑念は強まるばかりだ。そして覆せない事実として、彼らは冒険者パーティー『ブラウニーズ』としての実績がある。王族にも、その名前が伝わっているのだ。

ゴリアス・オッシは地上で治療を受けている生徒達を見、まだ木の上で戦い続けている生徒を見上げた。今回の世界樹のモンスター達は、強すぎる。原因が、百年に一度といわれる開花の影響であることは分かっているが、問題の解決にはなっていない。

あの三人が戦力になれば……いや、しかし彼らは生活魔術師だ。

自分にも生徒達にも、戦闘魔術科としての矜持が存在する。

オッシの思考はグルグルと巡るばかりで、答えにはたどり着けそうにない。

そんな時だった。

「おい、どうした。何か悩みごとか」

尊大な口調が、オッシに掛けられた。

顔を向けると、そこにはふてぶてしい顔をした小太りの生活魔術師がいた。

手に桶を持っているのは、負傷者の身体を拭くためのモノだろう。

「これは……デイブ君」

危うく殿下と呼びそうになり、オッシは慌てて言葉を改めた。

「呼び捨てで構わねえ……ですよ。カーならともかく、普段から偉そうにしてる奴が、俺様にだけ敬語じゃ不自然だろ……でしょう」

「分かった。だが、君はそのままの口調で構わん。そういう口調で接してくる生徒も、中にはいるからな」

分かった、とデイブは頷いた。

「そういう生徒を、どう扱うんだ?」

「相手による。生徒によっては、許す場合もある」

「じゃあ、そういうことにしとこう。それで話を戻すが、何か悩んでいるのかよ?」

「うむ、天空城で一緒になった、あの生活魔術師達の件だ。彼らがいれば、ここのモンスターの駆除も楽になるだろうにと思ってな」

オッシは、負傷者を手当てしていく、ソーコに視線をやりながら言った。

どういう魔術を使っているのか、ソーコが担当した怪我人は、あっという間に戦線に復帰していっていた。

「戦闘魔術科の研修はいいのか?」

「無理ではないが、かなり厳しい。終わらせることができると信じていても、生徒達が傷つくのを平然と見ていられるほど、私の神経は太くはないんだ。……つまり、少々難易度が高すぎるので、下げたいといったところだな」

「それで、アイツらか」

「うむ」

ふん、とデイブは鼻を鳴らした。

「現状では無理だろうな。アイツらは、生活魔術科として自分達のすべき仕事をこなしている。それに、生活魔術師達に前線に出ろ、って誰が言うんだよ？　誰が言っても、反発を買うだろう。お前でもだ」

「……何より、我が戦闘魔術科の士気にも関わってしまう」

オッシは嘆いた。悩ましいところである。彼らの力に興味はあるが、取り込もうにも機会がないのだ。

デイブは、世界樹を平地のように駆け上がっていく森妖精達を見た。

「森妖精達や他の魔術科が行動不能に陥るような危機なら、話は変わるだろ。でも、今はそうじゃない。戦闘魔術科がやりきれるレベルだし、干渉しても邪魔者扱いされるんじゃ、手伝うなんてことはないだろうな」

そして、今度は枝から仲間に支えられ、降りてきた戦闘魔術科の生徒達を見た。

「連中が困ってるから、なんて理由で自主的に手伝いを申し出るような性格じゃねえよ。おそらく一番人のいいリオンですら、戦闘魔術科の邪魔をしちゃ駄目だって言うだろうぜ」

「ぐぬぬ……ん？　あのリオン・スターフの実力を、知っているのかね？」

オッシの問いに、デイブは目を瞬かせ、肩を竦めた。

「アイツが言ってないなら、俺様が語ることもねえよ」

「そうか……」

「生活魔術科の立ち位置が後方支援なのは、他の魔術科の総意でもあるだろ。ないモノねだりは諦めるんだな」

俺様も仕事があるから、と立ち去ろうとして、デイブは再び足を止めてオッシに振り返った。

「まあ、一応方法はあるぜ。冒険者ギルドを通して『ブラウニーズ』に直接依頼をすることだ。ただ、その場合、戦闘魔術科を含めた他の魔術科の生徒どもは、アンタに反感を抱くだろうな」

……確かに、『ブラウニーズ』に依頼を求めるという手は、ある。

それはオッシも考えたことはあった。

けれど、これは戦闘魔術科の訓練でもあり、そこに冒険者という外部の存在を呼び寄せていいものかどうか。それに、生活魔術科のあの三人の力を生徒達に見させていいものかどうか。

そういう事情もあり、惜しいが彼らに協力を求めることは断念せざるを得ない、オッシであった。

オッシが悩んでいたのと、ほぼ同時刻。
ケニーとリオンは、石造りの庭園にいた。
森妖精（エルフ）の郷ではあまり見ない造りだ。
周囲には石柱が等間隔で並び、その奥には大きな祭壇らしきモノがあった。

らしき、とつくのは、おそらく真上から落ちてきた世界樹の太い枝の下敷きになり、半分瓦礫となっていたからである。

おそらく、森妖精や戦闘魔術科の生徒達と、虫型モンスターとの戦闘の余波によるモノだろう。

今も森妖精達が、瓦礫を撤去している最中であった。

「この祭壇の修復を？」

ケニーは、ここへ案内してきたシルワリェスに尋ねた。

「はい。ここは、この世界樹の上層に棲む霊獣様……ナチャ様を祀る神殿なんです」

言って、シルワリェスは祭壇の残骸を指さした。

「そしてあちらが、その中心となる祭壇です。森妖精の魔術でも直すことは可能ですが、時間がかかってしまいます」

祭壇は大きく、リオンの背の高さほどもある。

乗れば、ダンスぐらい軽くできそうなぐらい広いだろう。

「それで、生活魔術で何か、そういうのに向いている魔術はないかって話ですか」

「はい」

ケニーの質問に、シルワリェスは頷いた。

本来なら、生活魔術科の科長であるカティ・カーにまず頼る案件だ。

しかしカーは今、負傷している森妖精や戦闘魔術科の生徒達の治療に駆り出されている。

なので、休憩中だったケニーとリオンが相談されたのだった。

世界樹の開花に合わせ、この世界樹に棲む霊獣がその祝いを司っているのだという。

そして、その霊獣ナチャは、森妖精の儀式によって、地上に現れるのだという。

「うーん……上層なら、知り合いに頼んで、その、ナチャ様？　に、伺いを立てることもできそうなんですけど」

「え⁉」

リオンが、悩みながらも言うと、シルワリェスは驚いていた。

霊鳥ティールや有翼人達ならば、今も上層にいるだろうし、リオンが呼びかければティールの兄であるコロンも降りてきてくれるだろう。

ただし、それは本当に、そのまま上層に棲んでいればの話だ。

ケニーはそのことには、懐疑的だった。

「どうだろうな。その霊獣っていうのはつまり、決まった手順を踏んで、ここに降臨してもらうってタイプなんですよね？」

「そうですね……随分と昔、そのナチャ様にお目にかかろうと、直接この世界樹に登った者もいましたが、それは叶いませんでした」

だろうな、とケニーは息を吐いた。

「こういう儀式を行う形のは、大体結界を張っていて、通常手段じゃ会えないパターンが多いんだよ」

「知っているのですか、ケニーさん」

「昔、ちょっと神子をやっていたことがあってな」

「それはすごいですね！」

……ちょっとは、疑うべきじゃないか、とケニーはこの素直な森妖精(エルフ)が少し、心配になった。

いや、神子をやっていたというのは本当だが。

思考を戻す。

コロン経由で霊鳥ティールに頼めば、おそらく霊獣ナチャへの接触は可能。

しかし、正当な手続きを踏んでいないやり方は、周囲にどんな影響をもたらすか、分からない。

ならば、まずは正攻法でいくべきだろう。

それができるのだから、やるべきだ。

「この祭壇を修復するとして、期間はどれぐらいなんですかね？」

すると、シルワリェスは口ごもった。

「なるべく急ぎでお願いしたい……としか」

その時、瓦礫の撤去をしていた森妖精(エルフ)達が、気合いを入れるべく声を張り上げた。

「開花までもう時間がねえぞー！　テメエら、気張って働けぇ！」

「「「おおおおおーーーーーっ‼」」」

ケニーとリオンは顔を見合わせ、頭を抱えるシルワリェスを見た。

「……なるほど。確かに時間に余裕はなさそうだ」

「申し訳ない。世界樹の開花を祀る儀式には、ナチャ様が必要なんです。よろしくお願いします」

「シルさんが謝ること、ないですよ！　こんなの不可抗力じゃないですか。それにみんな、頑張って直そうとしてますし」

ぐ、とリオンが両手で拳を作った。

「最初からアテにしてないところは、好感が持てるよな。じゃあ、俺達でここを直せばいいんだな」

「ありがとうございます！」

昼食を挟んだ、数時間後。

霊獣ナチャの神殿は、綺麗な姿を取り戻していた。

「片付いた」

「こっちも、終わったわよ」

負傷者の治療に当たっていたソーコもこちらに戻って、神殿修復の手伝いに回ったため、ごく短時間で片付いたのだ。

もちろん、世界樹の大きな枝も撤去され、祭壇の修復も完了していた。

「お疲れ様。飲み物用意しといたよー」

「ぴぁー」

ケニーの『七つ言葉（セブン・ワード）』、ソーコの時空魔術があれば、リオンが手を貸すまでもない。

フラムと共に、二人の疲労を回復する支援に回っていた。

「ああ、ありがたい。ちょうど、喉を潤したいところだったんだ」

ケニーがコップを手に取り、ソーコもそれに倣（なら）って冷えた水を口にした。

「それで、私達に頼んでおいて、シルワリェスはどこに行ったのよ。キーリンも、そっちに行ってたと思うんだけど」

「あれ？　さっきまでここにいたんだけど……あ、あっちで話し声がするよ」

リオンが指さした先には、森妖精が集まっていた。

その中には、シルワリェスやキーリンの姿もあった。

「……それは本当ですか？」

「どうしようもないのですか⁉」

ソーコ達は、顔を見合わせた。

「何か揉めてるみたいだな」

「何だか、嫌な予感がするわ」

森妖精達の話の邪魔はせず、もう少し聞いてみることにした。

「神殿の修復は、生活魔術科の方々にお願いできました。しかし、供物と巫女が準備できなければ、ナチャ様をお呼びすることができませんよ！」

「しかし、そうは言われても、まさか倉庫まで破損しているとは……」

シルワリェスの叫びに、ソーコ達は名前も知らない森妖精が、困った顔をしていた。

大体、分かった。

つまり、神殿と祭壇を修復しただけでは、霊獣を祀るにはまだ足りないということなのだろう。

ソーコは、森妖精達の話に割り込んだ。

「何よ、一体。他に、どんな問題があるっていうのよ」

「イナバさん⁉　それに皆さんも！」

シルワリェスは驚いていたが、ソーコはそれを無視した。

「それで？　供物と巫女って、どういうこと？」

「それが……ナチャ様をお呼びするのには、儀式が必要となっています」

「まあ、そのための神殿と祭壇だからな」

シルワリェスの説明に、ケニーが頷く。

「その、儀式でナチャ様に捧げる供物を保管していた倉庫が、あのように……」

シルワリェスが手で指し示した先には、祭壇の時と同じように、世界樹の大きな木の枝で潰された倉庫の姿があった。

「うわぁ……これはまた、酷いですねぇ」

木造だったせいもあるだろう、祭壇は半壊だったが、この倉庫は全壊だった。

「中はグッチョグチョで、捧げるはずだった供物は使い物にならないってこと？」

「お恥ずかしい話ですが、そういうことで……」

ソーコが聞くと、シルワリェスはしょんぼりしていた。

「供物って、どんなモノを捧げるのよ。野菜？」

「野菜もあれば、肉もあります。大体、この世界樹の麓で採れた実りを捧げることになっています。なので、何とか周りからかき集めれば……という状況ですね」

「そうできるのなら、そうすべきよね」

「はい……」

森妖精(エルフ)達でフォローが可能ならば、外部の人間であるソーコ達はあまり手を貸さない方がいいだろう。

「あ、でもそうなると……」

はた、と思い出したようにリオンが呟いた。

「何よ、リオン」

次に、ハッと顔を上げたのは、ケニーだった。

「足りない分を、余所から徴収するってことは、その余所が不足になるってことか」

「そうですね。そうなります」

シルワリェスが頷き、ようやくソーコも気がついた。

「ああ、そうか。お店とか屋台の料理が減っちゃうってことね」

ピリッとした緊張感が、ケニーから放たれた。

「ソーコ、貯蔵している食材のストックに、まだ余裕があったよな？　提供しよう」

「ケニー、決断早すぎない⁉」

外部の人間があまり、手出しするべきじゃないと思っていたのは自分だけだろうか、と、ちょっとソーコは悩んだ。

「……まあ、ご飯が絡むからねぇ」

諦めたように笑う、リオンであった。

「ぴぁ！　ぴぃー」

何かをねだるように、ソーコ達の周りを飛び回るのは、フラムだ。

どうやらケニーの意見に賛成らしい。

「……アンタもなの？　しょうがないわね。でも、減らす分、別に何か対価をもらわないとダメよ。タダであげるほど、お人好しになるつもりはないわ」

「特産品とか、よその土地でも育てられる植物の苗とか、そういうのないっすかね」

ケニーが提案すると、シルワリェスはコクコクと頷いた。

「は、はい。そういうのであれば、問題なく。いくつか見繕いますので、この件が終わってから確認してもらえればと思います」

「ってことだ。これで供物は解決したな。あとは、巫女か」

「もしかして、怪我とかされたんですか？」

今は、モンスターも荒ぶっている。

リオンの心配に、シルワリェスは首を振った。

「あ、いえ、そうではなく……その……今の巫女というのが、森妖精(エルフ)の中でも相当高齢で……」

「まさか……」

リオンが呟く。

人間と比べて長寿の森妖精(エルフ)といえども、不老不死ではない。

そう考えたソーコだったが、話には続きがあった。

「儀式をやめる訳にはいかんと、神殿の修復を手伝ってくれていたんですが、瓦礫を持ち上げようとした際に、ぎっくり腰になってしまったんです」

ガクッとソーコ達の身体が傾いた。

「……それは、ご愁傷様です。ホッとしていいのやら、心配すればいいのやら」

リオンが困ったように笑い、ケニーがシルワリェスに向き直った。

「話の雰囲気的に、代役が見つかっていないようですね」

「ケニー」

ソーコは、ケニーの脇腹をつついた。

だが、ケニーはソーコを見すらしなかった。

「断る」

「まだ何も言っていないわよ」

「巫女と神子は違うんだよ。奉納の舞なんて俺、踊れないぞ。それなら得体のしれないスペックを秘めた、リオンの方がまだ可能性がある」

「期待されてるのかけなされてるのか、よく分からないよ!?」

いきなり名指しされ、リオンが涙目になった。

「ぴぁ!?」

突然、フラムが鳴き声を上げた。

「何よ、フラム……肩？」

ソーコがフラムの視線を追って自分の肩を見ると、そこには小さな蜘蛛がいた。

「蜘蛛なのです！」

キーリンが叫ぶが、それは見れば分かる。

いや、そういうことではないらしい。

「おお、これは！」

何故か、キーリンだけでなく、シルワリェスや森妖精達も、妙に盛り上がっていた。

「ちょ、何？　一体何なのよ、みんなして」

「蜘蛛は、この世界樹に棲まうナチャ様の使いなのです。その蜘蛛が、ソーコさんの肩に乗っているということはつまり、ナチャ様がソーコさんを巫女に指名したということなのですよ！」

「……ちょっと、偶然でしょ。それに、私が選ばれる心当たりもないわ」

ここは森の中だ。

蜘蛛なんて、いくらでもいるだろう。

たまたま、自分の肩に乗っただけで、そんなに大喜びされても、困る。

ソーコが戸惑っていると、ケニーがポンと手を拳で打った。

「王都で、この研修の出発準備してた時、確か倉庫で蜘蛛を助けてただろ。益虫だからとか言って」

「あ、それで」

「二人とも、そんなので納得しないでよ⁉　ちょっと、アンタもそうそう、みたいに手を振らない！」

いや、蜘蛛だし、この場合は前脚か？

どうでもいいわ、とソーコは内心で自分に突っ込んだ。

「ぴぅー」

フラムは、ソーコの周りをグルグルと回り出した。

「フラムちゃんも、ソーコちゃんには資格があるって言ってるよ」

「まあ、火龍様の仔がそうおっしゃるんなら、しょうがないよな」

「ケニー、アンタ明らかに面白がってるでしょ⁉」

「じゃあ、無理か」

「む、無理とは言わないけど……」

そう問われると、ソーコはグッと詰まってしまう。

「確かソーコちゃん、舞はできたって以前、ちょっと言ってたよね。ジェントの方の霊獣様に捧げる舞だっけ？」

そんなことを、食事中の、ごくたわいない雑談の中で話したことがあった。

「リオン、余計なこと言わない！」

「外堀がどんどん埋まっていっているなあ」

ハハハ、と笑うケニーのスネをソーコは蹴り飛ばそうとしたが、あっさりと避(よ)けられてしまった。

「他人事みたいに言ってるけど、アンタも一枚噛んでるでしょうが！　だ、だだ、大体ね！　ジェントで踊ってたそれを、ここの霊獣様が気に入るとは限らないでしょう？」

リオンが、ソーコの肩を指さした。

視線を向けると、どこで用意したのか蜘蛛が前脚に旗を持って振っていた。

「やってほしいって言ってるよ」

「……嘘でしょ？」

助けを求めるように、森妖精(エルフ)達を見た。

すると彼らは心得たかのように、一斉にソーコに頭を下げてきた。

「よろしくお願いします！」

どうやら、逃げ場はないらしい。


それからはトントン拍子だった。

「え、ソーコちゃん踊るの？　歌と演奏も足りない？　じゃあ、わたしやるやる！　ヘイ、誰か楽器できる子、こっちにおいで！　譜面はある？　ないなら今から作っちゃおう。はい、森妖精（エルフ）の誰か、曲を憶えてるなら再現お願い！」

話を聞いた、生活魔術師カレット・ハンドがあっという間に人をかき集め、森妖精（エルフ）達と生活魔術師達の合同で、奉納の舞と演奏を行うこととなったのだった。

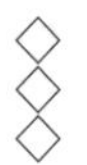

夜になった。

世界樹の麓、森妖精（エルフ）の郷には屋台が並び、暗くなっているにもかかわらず、無数に漂う色とりどりの光源の間を、人々が行き来している。

その一方で、本来この麓を故郷としている森妖精（エルフ）達の盛り上がりは控えめだ。

まだ前夜祭。本当の宴は、世界樹が開花した時だと、知っているからだ。

そんな、ささやかな祭りの中、霊獣ナチャの神殿は、中も周囲も静かだった。

森妖精（エルフ）達は音も立てず準備を進め、それに当てられ、カティ・カー率いる生活魔術科の生徒達も小声で囁き合うように、会話をしていた。

他の魔術科や異種族も見物に参加していたが、場を乱すような不届き者は存在しないようだ。特に世界樹の麓ということもあり、半人半樹の木人（もくじん）達は、厳（おごそ）かな雰囲気で儀式が始まるのを待っているようだった。

霊獣ナチャが現れるまでは、巫女を務めるソーコが主役といってもいい。

演奏に回ったケニーは、隣のシルワリエスに囁いた。

「……どうやら、余所者がやることへの抵抗とかはないようですね」

「そりゃそうですよ。こちらが無理にお願いして踊っていただいているんです。それに、ナチャ様の使いがイナバさんを選んだんです。文句なんて言ったら、罰が当たりますよ」

笛の音が響く。

光が移動し、巫女装束を身に纏ったソーコが姿を現した。

すると一瞬、神殿を静寂が支配した。

清冽（せいれつ）を体現したようなソーコの姿に、演奏者も観衆も声を失ったのだ。

右手には扇子。

衣装は、ソーコの要請でジェントの巫女の装束が急ピッチで織られたモノだ。細部にいくらか森妖精（エルフ）の様式が編み込まれているのは、霊獣ナチャを迎え入れる儀式ということで、彼らの譲れなかった点なのだろう。

ス……とソーコの腕が持ち上がり、演奏者達も自分達が楽器を持っていることをようやく思い出したようだ。

舞が始まった。

風に踊るように開かれた扇子が移動し、気がつけばソーコの歩みも前に進んでいる。

演奏に合わせてソーコの身体が翻り、時折響く鼓の音で動きを止める。

やがて、演奏している者も、見物客も、ソーコの扇子の意味に気づく。

ソーコが風に枝葉を揺らす世界樹で、扇子は風に揺れる蝶である。


「素敵な舞と曲ですねぇ……」

小さく、カティ・カーが呟いた。


ソーコの空いている左手が空を切り、五つの指先から光に照らされた糸が出現した。

縦へ横へと糸は駆け巡るが、扇子は変わらず動き続ける。

次第に演奏は速さを増し、ソーコの舞も速まっていく。

動きそのものは変わらないが、繰り出される糸は絡まることなく模様を描き、その間を扇子が泳ぎ続ける。

けれど、それも終わりが近づく。

糸が、扇子を絡め取るように包囲網を編み上げ、流れる曲が速まるのにつれて扇子も何とか逃げ場を探そうとする。

しかし、その甲斐もなく、扇子は糸に触れ、鼓が響くたびにやがてその動きを弱めていった。

最後に大きな鼓が響くと、幾何学的な糸の模様の中で、パチンと扇子は閉じられた。

神殿を照らしていた光がすべて消え、次に世界樹の幹が照らされる。

そこには、巨大な蜘蛛の影が浮かび上がっていた。

その影は実体を持ち、やがてソーコの前にその巨躯を現した。

女性の上半身を持つ蜘蛛、アラクネと呼ばれる種族だ。

ソーコが小さいせいもあるだろうが、背丈はおよそ三メルトはあるだろうか。

下半身から生えている蜘蛛の足は物騒そのモノだが、上半身である女性の身体はおっとりとした柔らかそうな雰囲気を纏っていた。

白を基調とした緩やかな衣装は、神秘的なモノを感じられた。

疑う余地はない。

彼女が、この世界樹の上層に棲むという蜘蛛の霊獣ナチャなのだろう。

「こんばんはぁ……遠き国からようこそ、狐の巫女さん……」

印象通り、ゆっくりとした……いや、かなり間延びした口調で霊獣ナチャが、ソーコを見下ろした。

ソーコは、その場に片膝をつき、頭を下げた。

「ソーコ・イナバ。ジェントの霊獣リンドー様を祀る社の巫女を務めております」

「いいのよぉ、そんな硬い口調を使わなくて。普段通りで構わないわぁ……」

「そう？　じゃあ、お言葉に甘えさせてもらうわ」

ソーコはあっさり顔を上げ、立ち上がった。

「ちょっ、イナバさん！」

　傍らでシルワリェスや森妖精（エルフ）達が慌てているが、今この場で一番偉い存在がよいと言っているのだ。そんな森妖精（エルフ）達を、ナチャはニコニコと見下ろしていた。

「いいのよぉ。ワタクシが、許可しているのですから、問題はないのよぉ……」

「は、はぁ……では、そのように」

「いつもの奉納も好きだけど……たまには、異国の奉納……のアレンジ？　も悪くないわぁ。……ところで貴方、ワタクシのことを、畏（おそ）れないのかしら？」

「え、どうして？」

　なるほど、人を遥かに超えた霊獣という存在の格と圧力は、ソーコも感じている。けれど、敵意や害意がある訳ではない。何より、もっと苛烈な圧を、ソーコはよく受けているのだ。

「どうしてって……あー……なるほど。そういうことねぇ」

　ナチャは、納得したように視線を演奏者達に向けた。

　正確には、リオンの頭に乗ったフラムを見た。

「小さなドラゴンさん……貴方、お名前は？」

「ぴぃあ！」

　フラムはリオンの頭から飛び立ち、元気に鳴いた。

　どうやら、フラムの言葉はナチャに通じたようだ。

「……そう、フラムちゃん。お母さんはお元気？」

「ぴぅ！　ぴあぁ！」

ソーコには分からないが、会話は成立しているようだ。……リオンは何故か、ふんふんと頷いているようだが、彼女もやはりこの二者の話が分かるのだろうか。

「そう。……百年に一度の、世界樹の開花……なら、貴方のお母さんも、ここに来るわねぇ……」

「ぴぃー♪」

フラムは嬉しそうに鳴いて、ソーコの頭に着地した。

「そういえば以前、キーリンがそんなことを言ってたわね」

「この地方の霊獣や神に等しき者達はぁ……普段はあまり、付き合いがないの。強い力同士が近づきすぎると、よくないことが起こるからねぇ……でも、時々、みんなで集まったりするのよ……たとえば、こういう、世界樹の花が開く時とかねぇ」

ソーコの呟きに、ニコニコとナチャは答えた。

つまり、これからこの森妖精(エルフ)の郷に、この周辺の霊獣が集まってくるらしい。

霊獣だけではなく、フラムの母親である火龍ボルカノもそこに含まれるようだ。

「でも、その前にお掃除が必要そうねぇ」

ナチャは、世界樹を振り返った。

今は夜で暗いが、世界樹に巣くうモンスターの存在を見抜いたようだ。

「お掃除って……」

ソーコが呟くと、ナチャはこちらを振り返った。細めた目は、狩猟者のそれだった。

「うふふ……この供物は、いただいていくわねぇ。でも、それとは別に、子ども達にもいっぱい、ご飯食べさせてあげたいからぁ……明日の朝から少し、騒々しくするわねぇ?」

「は、はい。何卒よろしくお願いいたします！」

ナチャの呼びかけに、シルワリェス達森妖精（エルフ）は、一斉に跪いた。

「それじゃあ、また、明日の朝会いましょう。イナバちゃん……その子のこと、よろしくねぇ？」

「この子!?　え、私が預かるの!?」

ナチャの指先を追うと、ソーコは自分の肩にいつの間にか、蜘蛛が乗っていることに気がついた。

「チキィ……」

よろしく！　と蜘蛛は牙を鳴らした。

「ご飯は自炊派だけど、たまに果物でも与えてくれると嬉しいかしら。名前はリウケノスよ……それじゃあ、おやすみなさい……」

言って、ナチャは夜の闇に溶けるように消えてしまった。

翌日、早朝。

ソーコは蜘蛛リウケノスに起こされ、外に出た。

キーリンも早起きだったのか、二人揃って世界樹を見上げた。

世界樹は巨大で、森妖精（エルフ）の郷ならどこにいてもその姿を見上げることができるのだ。

その世界樹が、白い雲のようなモノに覆われていた。いや、雲ではなく、蜘蛛の糸だ。

世界樹には大小無数の蜘蛛が群がり、虫型モンスターを捕らえ、喰らっていた。

「ふわぁ……これは、凄惨なのですよ。朝からエグいモノを見ちゃったのですよ……」

「完全に、数の暴力ね」

数は、数える気にもならない。

ただ、間違いなくモンスター達よりは多い。

それは確かだ。

「チキチキ……」

「……参加したいのなら、別に止めないわよ」

リウケノスが、ソーコの肩で小さく鳴いた。

「チキュ……チキャ！」

シュパッと糸を放ち、リウケノスが世界樹へと飛んでいった。

「終わった後、あの子、ちゃんと戻ってくるのかしら」

「心配なら、ついていくといいのです？」

首を傾げるキーリンに、ソーコは頭を掻いた。

「……放っておいても大丈夫そうだから、自主性を重んじたんだけどね」

「そういえば、戦闘魔術科の訓練は、この場合、あるのでしょうか」

「ないぞ」

「うひゃあっ⁉」

突然後ろから掛けられた渋い声に、キーリンが飛び上がった。

ソーコも驚きながら、キーリンをその背に庇（かば）った。

「ちょ、こんな幼い子に、何をする気!?」

声の主、ゴリアス・オッシは不機嫌そうに目を細め、世界樹を見上げた。

「人聞きの悪いことを言わないでもらえるか。たまたま世界樹の様子を見に来たら、君達がいただけだ。……まあ、今日の訓練は中止だな。昨日の祭事でお目にかかることができた、ナチャ様といったか……あの霊獣様の様子なら、あの蜘蛛達にも敵味方の区別はついてくれるとは思うが、ウチの生徒達がうっかり攻撃でもしたら、取り返しがつかん」

「あー、その危険性は無視できないわね」

「ウチの生徒達は無能ではないから、ないとは思うが、万が一の可能性は否定できん」

あの蜘蛛達は、霊獣ナチャの使いだ。

怪我をさせたら、今度はその標的がこちらに向くかもしれない。

「この調子だと、昼前ぐらいには終わりそうだな」

オッシの呟きに、ソーコも視線を世界樹に戻した。

……なるほど、こうしている今も、虫型モンスターの数は目に見えて減ってきている。

あと数時間もすれば、蜘蛛達の『食事』も終わるだろう。

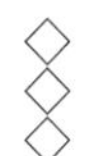

オッシと別れたソーコは、キーリンを伴って、ナチャの神殿に向かった。
ナチャは、捧げられた供物を食べていた。

数人の森妖精(エルフ)が、飲み物を用意したり、果物の皮を剥いたりと、彼女の世話を行っていた。

「おはよう……」

そして、とても眠たそうだった。

「おはよう。もしかして朝、弱いの？」

「少しねぇ……」

ソーコにその気はないが、不意打ちだったら倒せそうなぐらい無防備だった。

「……少しどころじゃないような気がするわ。それよりも、ちょっと気になることがあって、来たの」

「いいわよぉ……何でも聞いて……」

「世界樹で暴れている、モンスターの駆逐、ありがとう。助かってるわ」

「いいえぇ……これも、ワタクシの仕事だもの……」

「でも、全滅はさせてないみたいに見えるんだけど。そこそこ、モンスターは残っているっていうか……どうしてかと思って」

「ふふふ……どうしてだと思う？」

ナチャは目を細めて、ソーコを見た。

「質問に質問を返されるのって、嫌いなんだけど」

「ちょっ、ソーコさん、歯に衣着せないのは知ってますけど、さ、さすがにそれはどうかと……」

「いいのよぉ……でも、そうねぇ……イナバ……ソーコちゃんって呼ばせてもらうわねぇ……貴女が考えているので、正解よぉ」

「ああ、やっぱり」

まあ、そりゃそうよね、とソーコは思う。

「はへ？　どういうことなのです？」

キーリンが分かっていなかったようなので、ソーコは説明してやることにした。

「全滅させると、困るからよ。つまりね、今後自分の食べる分がなくなると、飢えちゃうじゃない。だから、ある程度の数は、残しておいたの。……それに、今は少し強くなっているみたいだけど、世界樹の開花が終われば元の強さになるし、脅威じゃなくなるしね」

「……り、理由は分かりましたが、なんともおっかないのです」

ソーコの説明に、キーリンはナチャを見て少し後ずさった。

オッシが予想したように、世界樹に巣くうモンスターの駆除は昼前には終わった。

神殿には、郷中の森妖精（エルフ）が集まり、当然ながら神殿内に収まりきるはずがない。

外で待機する者がいれば、それらを相手にしようと商売が始まる。

前日は控えめだった森妖精（エルフ）達も、これから稼ぎ時だとばかりに、屋台や露店を用意していた。

その神殿の敷地内、カティ・カー率いる生活魔術科の面々は当然、賓客として参加していた。

神殿や祭壇を修理し、供物を用意し、さらに奉納の舞と演奏を手伝ったのだから当然である、というのが森妖精（エルフ）の長老方の言葉であった。

世界樹を覆っていた蜘蛛の糸は既に解かれ、その偉容を現している。

モンスターを駆逐した蜘蛛達は、ナチャの足下に集まったり、世界樹の枝からぶら下がったりしていた。

「さあ……さあさあさあ……百年ぶりのお仕事を始めようかしらぁ……」

ナチャが手を合わせて、宣言する。それに対し、ケニーがシルワリェスに小声で囁いた。

「……シルさん、ナチャ様って百年に一度しか姿を現さないんですか？」

「いえ。収穫祭……これは、今からもう少し先になるんですけど、毎年行われます。巫女が踊り、供物を捧げるのも、本来はこの時ですね。毎回ではありませんが、五年に一度ぐらいの割合で、実際に姿をお見せになります。他の年だと、声だけの時が多いですね。そのお声だけでも充分、尊いんですけど」

「じゃあ、百年に一度だから、特別って感じかな」

これは、相当にレアなイベントらしい。

「そうですね。もっとも、百年前はこんなに長く顕現してたかというと……そうでもなかったと思うんですが。ああ、始まりますよ」

ナチャの口から、高い音が放たれる。

「え、何、音波？」

「違うよ、これは祝詞だよ。でも人の耳じゃ聞き取れないぐらい高い音だから、音波みたいに聞こえちゃうだけ」

「……その人には聞き取れない祝詞を、普通に聞けちゃってるリオンのスペックも、相当に謎なんだけど。まあ、いつものことよね」

「何か、けなされてる気がする……！」

などとリオンとやり合っている間にも、神殿に変化が生じていた。

組まれた石と石の間の隙間が光を放ち、床も壁の繋がりも次第に解けていく。

「始まったみたいね」

「……わ、神殿の形が……」

「これは面白いな」

周囲が驚愕の歓声を上げている中、ソーコ達は比較的冷静だった。

世界樹は変わらず、神殿の向こうにそびえているが、枝葉から覗く青かった空が橙色に変わったかと思うと、夜空に変わり、再び空が青くなったかと思えば、今度は激流のように大量の雲が流れていく。

「ぴぁー」

空が様々な色に変化していく様に、フラムが嬉しそうに鳴いた。フラムの母親である火龍ボルカノも、同じことができ、かつてソーコ達も経験したことがあるからだ。

「空間拡張の一種ね。神殿そのものを門（ゲート）にして、違う神殿に造り変えてるんだわ。ナチャ様を祀る神殿から……これってもしかして……世界樹に力を送ってる？」

神殿は既に変化を終え、床や壁は草の生えた土と緑の色に、溝には水が流れている。

世界樹の背後には、青い空が広がっていた。

そして、溝の水は世界樹に向かって流れているようだった。

「そうよぉ……世界樹が花開くには、もうちょっと力が必要なの。だからぁ……ここ、この麓にいる人達の力を少しずつ分けてもらって、世界樹に捧げるのがワタクシの務め」

青い空を背に、世界樹の葉が風に揺れ、少しずつ色が変化していく。

世界樹は、透き通るような虹色の明滅を、緩やかに始めていた。

「これは……」

「ぴぁー」

「綺麗だねぇ、フラムちゃん」

人々のざわめきが鎮まり、その視線が自然と司祭を務めるナチャへと向けられた。

パン、とナチャが手を叩くと世界樹から輝きと同じ色の粒子が放たれ、神殿にいる人々に雪のように降り注いでくる。

再び歓声が沸き起こり、いつの間にか通常空間に戻ったかと思うと、神殿の外でも世界樹を称える声が響いていた。世界樹は変わらず虹色に輝き、光を放ち続けていた。

「さあ、皆……これより、百年に一度の花見を始めましょうか……!」

そうしてナチャは、世界樹の祭りの開催を宣言したのだった。

世界樹は、虹色の花を咲かせていた。

満開状態である。

興奮していたモンスターの出現もいつの間にか鎮まり、野性のリスや鹿があちこちに出没し始めていた。それらの多くは人が近づいても大人しく、餌をもらえば嬉しそうに食べている。

森妖精（エルフ）の子どもが身体を撫でても、逃げることなくその手に身体を委ねていた。

そんな中を、買い出しの荷物を抱えたシルワリェスとキーリンが、早足で歩いていた。

「お手伝いありがとうございます、キーリン。結婚してくれませんか？」

「前の感謝と後ろのプロポーズが、何一つ繋がっていないのですよ！　それより、もうちょっと急いだ方がいいと思うのです。ボクはパレードを見たいのです」

「そうですね。パレードが始まるということは、霊獣様や火龍様がお越しになるということですから、それまでに神殿もお出迎えの準備を完了させなければなりません」

人や動物のふれあいが増えている中、大通りのど真ん中だけは綺麗に空いていた。

それは、まもなく世界樹の開花を祝いに、霊獣や火龍といった神に近しい超越種がこの地を訪れるからであった。その通行の妨げになるモノを排し、同時に滅多に人の前に姿を現すことのない彼らの姿を一日拝もうと、パレードが行われるのだ。

その大通りから少し距離を置いた舗装されていない草地を、シルワリェスとキーリンは危なげなく駆け抜けていく。森妖精（エルフ）にとって、森の中は舗装されていようがいまいが、ほとんど関係ないのだ。

そして、そうした草地のあちこちで、動物と戯れる森妖精（エルフ）達の姿が見受けられていた。

「シルさん。前の開花の時も、こんな感じだったのですか？」

「そうですね。百年前も、こんなふうに、あちこちに動物が現れ、草花も普段より大きく咲き乱れていました」

「じゃあ、あの行列な何なのですか？」

キーリンは、動物達の長い行列を指さした。

「……何なのでしょうね？」

列は長く続き、どうやらシルワリェス達の向かう先に、伸びていた。

やがて、世界樹の神殿が見え始めた頃、ようやくその先頭に到着した。

「え、撫でなくてもいいから、傍にいていいかって？　それはいいけど、そろそろそのスペースもなくなってきたかなぁ……」

左右の肩に小鳥とリス、周囲に熊や猪、鹿にイタチと様々な動物を侍（はべ）らせたリオンが、困ったような笑みを浮かべながら、並んでいる動物の背中をブラシで撫でていた。

「すごいのです……」

「……これは、森妖精（エルフ）の方が、動物の使役術を学ばなければならない気がしますね」

そんなリオンと動物の交流を、少し離れた場所からケニーとソーコも眺めていた。

「アレは特殊なケースだから、嫉妬するだけ無駄だぞ、ソーコ」

「嫉妬じゃないわよ、失礼ね!?」

一応、二人の周りにも、小動物や小鳥はまとわりついている。といっても、数匹程度である。

「いや、だが俺もあれだけの動物がいれば、ちょっとはモフりたいと思うぞ。ソーコは違うのか？」

「むぅ……」

ソーコは唸った。嫉妬はないが、羨ましいとは正直思う。

そんなことを二人で話していると、ケニーの懐から丸い球が浮かび上がってきた。ケニーが造ったゴーレム玉のタマだ。ケニーの周りを緩やかに回り始める。

「おいおい、今度はお前が嫉妬か？」

「タマには、モフモフはちょっと無理じゃない？」

どう見ても、タマの素材は硬質の石か金属である。

「……まあ、ゴーレムだからな。あっ、もしやお前、毛が生える機能とかあるのか!?」

「……そんな機能、つけたの、ケニー？」

「いや、つけてないけど」

「じゃあ、普通にダメでしょ」

「そうか、残念だな、タマ。……おっ⁉」

タマを手に乗せたケニーが、声を上げた。

「何よ、どうしたの？」

「柔らかくなった……ちょっと触り心地がよくなってる」

ケニーはタマを指で押した。緩めのゴムのように、タマのボディが指の形にへこんでいた。

「……まさかアンタ、癒やし系キャラを狙ってるの？」

「皆さん、パレードを見に行きましょうなのです！」

そう提案したのは、長い耳を嬉しそうに上下させるキーリンだった。

「私とケニーはいいけど、リオンはどうする？　当分、終わりそうにないわよ？　……当分というか、今日一日で終わるとも思えないけど」

「よし、放っておこう」

「ケニー君、即答しないでくれるかな⁉」

ウサギにブラッシングをしていたリオンが、ケニーに叫んだ。結構離れているのだが、リオンは耳もかなりいい。

「ぴぁー……！」

リオンの傍らで丸まっていたフラムが浮き上がり、一鳴きした。

すると、リオンの前に行列を作っていた動物達が、名残惜しそうに散っていった。

どうやら、ここまで、とフラムが動物達に告げたらしい。

「ありがと、フラムちゃん。えっと、それじゃみんな、また明日ね」

すると、まだ残っていた動物や森のあちこちから、鳴き声が響いた。

リオンはその鳴き声に苦笑いしながら、ケニー達の元に駆け寄ってきた。

「ホント大人気ね、リオン」

「何か、自然と集まってきちゃって……動物除けのお香とか呪術もあるんだけど、そうする訳にもいかないしねぇ」

「ぴあ！」

それなら自分が一声掛ければ、とフラムが主張するように鳴いた。

「ま、とにかく全員集まったみたいだし、さっさとパレードを見に行こう」

「なのです！」

ケニーが促し、その後ろをキーリン達がついてくるのだった。

大通りの左右には森妖精（エルフ）や人間、獣人、山妖精（ドワーフ）、木人（もくじん）、他様々な種族が霊獣達を一目見ようと集まっていた。つまり、人がいっぱいいいた。

「み、見えないのです」

キーリンはジャンプしたが、大人の森妖精（エルフ）達の背丈を超えることはできなかった。できたとしても、まともに見物はできないだろう。

「あの人達みたいに、木の上に登っちゃダメなの？」

ソーコが、世界樹ではない通常の木の枝を指さした。そこにも、何人もの森妖精（エルフ）が居座っている。そのさらに上、世界樹の太い枝にも、たくさんの森妖精（エルフ）がいるようだ。

「もういっぱいいっぱいなのです。あれ以上人が乗ったら、枝が傷んじゃうのですよ」

ケニーも枝を見上げた。

「なるほど、積載制限か」

「ぴぁー？」

フラムが羽ばたきながら、不思議そうに鳴いた。

じゃあ、飛んじゃえばいいのに。そう主張するフラムに、あはは、とリオンは笑った。

「わたし達、フラムちゃんみたいに空は飛べないからねえ」

「しょうがないわね。ほら、これに乗りなさい」

ソーコが指を鳴らすと、キーリンの前に透明な角錐台が出現した。つまり、踏み台だ。

恐る恐るキーリンは角錐台に乗ってみるが、ビクともしない。

「ふわ、これも時空魔術なのですか？」

キーリンが、ソーコを見下ろした。

「これは、ただの生活魔術『脚立（スタンド）』よ。この踏み台を作るだけの魔術だけど、パレード見るだけなら充分でしょ」

「ソーコさんは乗らないのですか？」

「一人用だし、一度に一つしか作れないのよ、それ。時空魔術で空間に足場も作れるけど、長時間はちょっと厳しいわね」

「え、それじゃソーコさんは……」

「大丈夫だよ」

リオンは巨猿型の使い魔『力人（アーム）』を召喚し、その肩に乗っていた。

その横には、風船のように膨らんだゴーレム玉タマに乗った、ケニーがいる。

「『ソーコ、浮け』」

ケニーの『七つ言葉（セブン・ワード）』で、ソーコもまた浮かび上がった。

そしてそのまま、リオンが呼び出した『力人（アーム）』の、もう一方の肩に乗った。

「助かったわ、ケニー」

「どういたしまして。さて、どんな霊獣様が来るのかね……」

しばらくすると、大通りの彼方から鐘の音が響いてきた。続いて銅鑼（どら）や笛の音も鳴り始め、遠くから歓声も聞こえてきた。どうやら、パレードが始まったようだ。

その歓声も次第に近づいてきて、長い旗竿（はたざお）を持った森妖精（エルフ）の先導で、ナチャが姿を現した。三メルトを超える上半身は女性、下半身は蜘蛛という偉容に、人々は一瞬気圧され、次に大きな拍手を送っていた。

周りには、人の大きさぐらいもある蜘蛛が数体従っており、これはおそらくナチャの私兵なのだろう。それに続いて、現れたのは森妖精(エルフ)が牽く茶色い山車(だし)で……。

「んん？　何？」

ソーコは目を細めた。山車は分かるが、それだけ牽いてどうするのか。

と思っていたら、おそらく『拡声』か何かの魔術だろう、山車から大きな声が響いた。

「ファッハッハッ、出迎えご苦労皆の衆!!」

よく見ると、山車の上には茶色い塊が乗っていた。山車の色とほぼ同じだったので、パッと見分からなかったのだが、どうやら丸っこいオオネズミのようだった。

人の言葉を話すということは、あのオオネズミが霊獣なのだろう。

「何だか生意気そうなネズミね」

「ちょっ、ソーコさん、思っても言っちゃ駄目なのです！　オオネズミの霊獣チュウ様なのです！」

「この人混みじゃ、聞こえないわよ」

確かに、周囲の歓声のせいで、ソーコ達の会話など聞き取れるとは思えなかった。

「キーちゃん、世界樹さんが張った結界って今は、人の出入りはできないんじゃなかったっけ？」

リオンの問いに、キーリンは頷いた。

「普通の人々はそうなのです。でも、世界樹が認めた一部の例外はあるのですよ。それが霊獣様や他、神に近しい存在なのです」

「宿泊先は、どうするんだ？」

ケニーが首を傾げた。

「ナチャ様の神殿が造り変えられて、泊まる場所もできるのだそうですよ。下手な場所に案内できませんし、トラブルの元になってしまいますのです」

「ああ、たとえば暗殺とか」

「ちょっ、滅多なこと言っちゃ駄目なのですよ、ケニーさん⁉」

「まあ、でも大体分かるわ。要らないっていうのに貢ぎ物を持ってきたり、一目見て拝みたいって人が殺到したりするんでしょ」

ソーコは冷めた目をしていたが、狐面で顔を覆っているので、周りの人間には分からない。

「……何か、妙に実感こもっていませんですか、ソーコさん」

「実家の方で、ちょっとね」

キーリンの問いに、ふん、とソーコは鼻を鳴らした。

「何しろ、百年に一度なのです。滅多に集まらない方々が一堂に会するのですよ」

「何かまた、儀式とかあるのかな？」

リオンは、神殿のある方に顔を向けた。

「言い伝えでは、神に近しいモノ達が集い、近況を語り合うとだけあるので、ボク達が何かするようなことはないようなのです。あ、でもお世話係は務めるそうなのですよ」

「……なあ、それって割と、重要なイベントなんじゃないか？」

「そうみたいなのです。ボクみたいな若造はともかく、大人の人達は大変みたいなのですよ」

ケニーの疑問に、キーリンは頷いた。この周辺に棲む、超越者達の集会である。当人達はタダの寄り合いかもしれないが、森妖精（エルフ）達からしてみれば、下手なことをすれば、世界樹はともかく自分達の郷が吹っ飛んでもおかしくなさそうなイベントだろう。

「キーリン。これって、どれぐらいの柱が集まるんだ？」

「う、うーん……ボクも分からないのです。多くても二十柱は超えないとは噂で聞いていますが、それでも最低十柱以上にはなるとか……」

「まあ、ナチャ様、今の大きなネズミさん、あとティールちゃんで三柱はいるものね。あとはボルカノさん？」

「ぴぃあ♪」

リオンが指折り数えていると、フラムが嬉しそうに鳴いた。久しぶりの母親との再会である。

「あ、あと、何か海の女帝様が数百年ぶりに訪れるとか、そんな話は聞いたです！　どんな方なんでしょうか！」

「海の女帝って……」

「……多分、知ってる顔よね、それ」

リオンとソーコは顔を見合わせた。

「いよう、ケニー！　久しぶりだな！　それに嬢ちゃん達も！」

そんな大きな声が、大通りから響いてきた。いつの間にか、大通りには川のように水が溢れ、船が進んでいた。何らかの結界が働いているのか、左右の観客達にまで水の影響はないようだ。

手を振っているのは、その船に乗った一際豪奢な衣装に身を包んだ冷たそうな印象の女性——の横に控えていた、神官服の青年だった。

年齢は二十代半ばほど、腕が六本あるその青年の名を、スタークという。

周囲の森妖精（エルフ）達の視線が、声を掛けられたソーコ達に向けられていた。

「どちら様だったかしら？」

するると、水の一部が盛り上がり、アーチを描いた。そこをスタークが渡り、ソーコ達の目の前で足を止めた。他人を装いたかったが、無駄だったようだ。

「おいおい、つれないこと言うなよ、ソーコ。そういう寂しいことという奴は、あの大通りを一緒に進んでもらうことになるぜ？」

「絶対イヤよ!?」

「えぇ〜、連れは欲しいんだがなあ。ほら、ウチのティティリエとか、服装はともかく、性格的には普通に目立つの苦手なタイプだしさ」

「一言多いわ。水ぶっかけられるわよ」

「ハッハッハ、実行される前に戻って機嫌をとっとかないとな。じゃあ、また後でな」

言って、水のアーチと一緒にスタークは船に戻っていった。

「え、後？」

「世話係。見知った顔の方が気楽だしな。頼んだぜ！」

ヒラヒラと手を振って、船は大量の水と共に大通りの向こうへと消えていった。

残ったのは、通常の舗装路に戻った大通りと、周囲のざわめきだった。

「ケニー、ご指名よ」

「いや、明らかにソーコに向けて言ってただろ、今の」

ソーコは、天を仰いだ。

「ぴぅー？」

「……どっちにしろ、ボルカノさんには会いに行くから、お世話係することにはなるんじゃない？ってフラムちゃんが言ってるよ」

「はわわわわ、皆さん一体どういう人脈（コネ）を持っているのですか？」

「いろいろとあったのよ」

混乱するキーリンに、ソーコはそう言うしかなかった。

パレードが終わり、ケニー達が世界樹の神殿に戻ると、そこにはナチャをはじめとした大小様々な霊獣が集まっていた。その中でも一際目を引くのは、霊鳥ティールの巨体だった。

ティールの世話は有翼人が取り仕切っていたが、森妖精（エルフ）達とぶつかり合っている様子がないことに、ケニーは少しホッとした。有翼人は縄張り意識が強く、やや排他的な性質があるのだ。

幸いなことに、ケニー達は天空城でティールを祀る『ぶとうかい』を共にしたことで、有翼人とは友好的な関係を保てていた。

「久しいな、リオン」

銀色の羽を背中に畳んだ有翼人が、リオンに近づいてきていた。

巫女のエイドリーだ。そしてその肩には、スズメに似た小鳥が羽を休めていた。

「お久しぶりです、エイドリーさん」

「ちゅん！」

エイドリーの肩に乗っていた小鳥、コロンもエイドリーと握手するリオンの周りを飛び回った。

「コロンちゃんも、ほんのちょっとしか離れてなかったのに、久しぶりな感じがするねえ」

「ちゅちゅん！」

「ぴあー」

コロンに刺激されたのか、フラムもリオンの周りを飛び始めた。

「……一羽と一頭……匹？　人じゃないよな。どう呼べばいいんだ？」

「二人でいいよって言ってるよ？」

「じゃあ、お言葉に甘えて、二人ともここにいていいのか？　どっちかっていうと、あっちにいるべきじゃないのか？」

ケニーは、神殿の奥を指さした。霊鳥ティールや火龍ボルカノは今は、巨大な建物——本殿の中にいるのだ。そんなケニー達の様子に気づいたのか、遠巻きにしている森妖精(エルフ)達の中から、シルワリエスが出てきて、こちらに近づいてきた。

「……キーリンから聞きましたけど、本当に霊獣様達とお知り合いなのですね」

「火龍ボルカノさんの仔と霊鳥ティールの兄だから、霊獣様とはちょっと違いますけど」

「いやいや、ボルカノ様とかちょっと、本当にシャレにならないんですけど……それで、ですね」

少し言いにくそうなシルワリエスの様子に、ケニーはピンと来た。

「世話係を俺達に任せたいと。別にいいですけど」

「話が早すぎませんか⁉」

「なまじ、霊獣様達のことを知ってるだけに、尻込みしてる森妖精（エルフ）が多いんでしょ？　だったら、馴染みの俺達の方が適任だし、向こうも気楽だとは思いますし」

ケニーは、こちらの様子を気にしながらも、近づいてこない森妖精（エルフ）達を、顎でしゃくった。

「い、言いたいことを全部言われてしまいましたね……お願いできますか」

そこに、スッとソーコが割り込んだ。

「一応聞いときたいんだけど、私達が世話係をすることで森妖精（エルフ）達とウチの学院との間で軋轢（あつれき）が生まれたりとか、そういうのはないのよね？」

「珍しいな。ソーコがそういうところを気にするなんて」

「アンタ、私を何だと思ってんのよ」

ソーコは、ケニーの足を軽く蹴飛ばした。シルワリェスは慌てて、首を横に振った。

「いえ、いえいえ、ご心配はもっともです。何しろ高位の身分の方をお世話することは、森妖精（エルフ）の間でも誉れですから。しかし、それ以上に粗相をしてしまうかもという畏れもありますし……その、どうも、火龍様とは懇意にされているんですよね？」

「一番近いのは取引相手ですけど、友好的ではありますね」

友人と呼ぶには、ちょっと不敬だろうとケニーは思った。あるいは、友人（フラム）の保護者の方が、しっくりきそうだ。

「なら、嫉妬などはありませんよ。むしろ崇拝の対象です」

シルワリェスが断言する。

「あの……もしかしてあっちで印を切ってるのって……」

リオンが指さした先をケニーも見た。森妖精達の一部が跪き、こちらに対して祈りを捧げていた。

「ああ、そうですね。森妖精の郷の今後にも関わってきますし、皆さんが祈られるのも無理はありません」

「それはちょっと勘弁してもらえるかなぁ……」

リオンの困惑に、ケニーも同感だ。神に祈るならともかく、こちらに祈るぐらいなら、自分達で動いてほしい。まあでも、ボルカノやティール、ティティリエやスタークと話すなら今の立ち位置が一番都合がいい。

なので、シルワリェスの頼みは受けることにした。

「……一応確認しとくけど、さすがに俺達だけじゃないですよね」

「それはもちろん。森妖精からも、ちゃんと人数を出します」

「こっちで人数増やしても、いいですか？」

「え……？」

「海底女帝ティティリエ様やスターク様には、先生も含めてウチの生活魔術科のみんな交流があります。霊鳥ティール様にも、先生とデイブ、ノインの三人は顔馴染みですんで」

「……生活魔術科って、外交も行うんですか？」

「そういう訳でもないんですけど、何か流れで」

「激流みたいな魔術科ですね……」

まったくどうしてこんなことになっているのか、ケニーにも分からない。

「じゃあ、あとはわたし達が知らない霊獣様の数と、仕事の割り振りかな」

リオンが指折り数え始めた。

「そうなりますね……では、そちらは控えに用意した部屋で相談しましょうか」

言って、シルワリェスは天幕にケニー達を案内するのだった。


霊獣ナチャの神殿改め世界樹の神殿は、半分は外から見た通りの石造りの床をメインにした庭園であり、世話係を務める森妖精(エルフ)達の天幕もここにある。

残り半分は、入り口の大きな荘厳な本殿なのだが、中に入ると屋根がなくなっている上、外からの見た目以上に広い空間が広がっている。天には世界樹の枝葉、周囲には世界樹と同じ虹色に輝く木々がいくつも生えていた。木々の間隔は広く、巨体の霊獣達も、その動きを妨げられることはない。

ソーコに言わせると、一部のダンジョンにもあるように空間が調整されているらしい。

通称『世界樹の森』であり、そのあちこちに、いくつかの陣幕とのぼり旗が立っていた。

デイブ・ロウ・モーリエは、海を現す『波』が描かれた陣幕にいた。

連れは、数人の森妖精(エルフ)の女官達と、古代オルドグラム王朝の人造人間、ノインである。

「………………」

海底女帝ティティリエは、無言で彼らを見ていた。

表情もないので、何を考えているのか、分かりづらい。

ティティリエを前に、カチンコチンになっている森妖精(エルフ)を見て、神官服のスタークは笑った。

「ハハハ、そんなビビらなくても、取って食ったりしやしねーっつーの」

「よう。先日の、天空城の件では世話になったな」

デイブはふん、と鼻を鳴らしながら大股で歩き、手を差し出した。

その手を、スタークが握り返し、ブンブンと振った。

「おー、デイブ。久しぶりじゃねーか。また体重増えたか？」

「何言ってんだ。むしろ、減った方だ」

生活魔術科は、魔術の勉強ばかりではない。割と、身体を動かすことも多いのだ。

「何⁉　お前から体重を抜いたら、どこにアイデンティティーがあるんだよ」

「一応脂肪以外の成分も、俺の身体には含まれてんだよ」

「そうなのか、ノインちゃん」

「はい。生活魔術科に入って以来、デイブ様の体重はやや減少傾向にあります」

「なんてこった、ケニー達のせいか！　何てコトしやがる！」

デイブは目を細めた。人を何だと思っているんだ、この異界の神様。

後ろを見ると、森妖精（エルフ）達がハラハラとこちらのやり取りを眺めていたが、饗応（きょうおう）の仕事はもう少し後だ。放っておくことにした。

それにしても、とデイブは思う。この国の王族である自分が、魚人族の長や神官の接待を行っているというのは、これは実はかなり、外交として重要なのではないだろうか。

『翼』の陣幕の内側。

霊鳥ティールは有翼人達が作った即席の巣にスッポリ収まり、翼を休めていた。

そのティールの周りには何人もの有翼人が、動き回っていた。

「ティール様のお世話は我々有翼人が行う。これまで通りで、何ら問題はない」

籠を持った森妖精の女官達と対峙しているのは、巫女であるエイドリーだ。

尻込みする森妖精達を前に、エイドリーの表情はまったく、動かない。

なので、リオンが助け船を出すことにした。

「あ、あの、そんな取り付く島もない言い方をされると、森妖精さん達もいい気がしませんし、もうちょっと言葉を換えた方がいいんじゃないかなぁ」

「ぴぁー！」

「む……リオンとフラムか。だが、ティール様のお世話は私達の誉れだ」

顔馴染みであるリオンを前にすると、エイドリーの表情はわずかに和らいだが、堂々とした態度自体は変わらなかった。

「そうだとは思うけど、美味しいご飯やブラシを用意してくれるって言うんだから、ありがとうぐらいは言った方がいいと思うんだよ」

女官達はそれぞれ籠を抱え、その中には茹でた豆や大きなブラシが入っていた。

「そういうものか」

「そういうものだよ」

「ぴぅ！」

「ちゅん！」

フラムと一緒に、リオンの肩で休んでいた、スズメに似た小鳥コロンも鳴いた。

「ぬぬ……コロン様まで、そう言われるのなら、考えねばならんな」

霊長ティールの兄であるコロンには、有翼人達も頭が上がらないのだ。

「おい、貴様！」

ケニーとソーコが、突然声を掛けられたのは、森妖精達と共にすべての陣幕の組み立てが終わり一度、控えの天幕に戻ろうとしていた時だった。

「ん？」

周囲を見渡したが、何もいない。

声は、上からしていた。

「どこを見ている！　ここだ！」

見上げると、太い木の枝にぬいぐるみのような大きさの、ネズミがいた。

オオネズミの霊獣チュウだ。

「ああ、これはどうも……どうして、そんな木の上にいるんですか？」

「見下ろされるのが、好かんからだ！　クルミやドングリなど、我が輩達は食い飽きている！もっと上等な木の実を用意しろ！　そもそも我が輩が言うより前に、準備しておくべきではないか！」

「ききぃ！」

ヒョコッと、チュウの後ろから小さなネズミが姿を現した。おそらく息子なのだろう、チュウに似て上から目線の嫌な目つきをしていた。

……チュウの陣幕は用意したし、食べ物飲み物もあり、世話係の森妖精(エルフ)だっていたはずなのに、何故わざわざそこから出て、自分達に言いつけてくるのか。

と、疑問は尽きなかったが、ケニーは表情には出さなかった。代わりに、愛想よく笑った。

「分かりました。用意しましょう。他に何か、ご要望はおありですか？」

「水だ！　水もまずい！　我が輩達を干からびさせるつもりか！　世界樹より流れ落ちる滴(しずく)を用意せよ！」

「……どれだけ贅沢(ぜいたく)なのよ」

「シッ」

ボソッと後ろで呟くソーコを、ケニーは小声で窘めた。幸い、チュウには聞こえなかったようだ。

「そして、我が輩達を陣幕に案内するのだ！」

チュウが、こんな場所にいる理由を、何となく察したケニーだった。

「我が輩達の世話をできることを、光栄に思うのだ、人間。末代までの自慢になるぞ！」

ふん、と笑うチュウの後ろに、巨大な影が現れた。

火龍ボルカノと、その子ども達だ。仔龍達は、こちらに手を振っていた。

「はぁ」

ケニーも、仔龍に手を振り返した。

チュウの後ろにいた子ネズミも、振り返ってボルカノに気づいたが、父親の方が気づいていない。

「貴様、馬鹿にしているのか？」

「いや、してはいないんですけど、ちょっとどういう反応をしていいのか、困るというか」

必死に子ネズミがチュウに注意しようとしていたが、父親は振り返らなかった。

「思わせぶりなこと言ってないで、さっさと母親の方にも挨拶しなさいよ、ケニー。……お久しぶり」

「娘、貴様とは初対面のはずだぞ。第一、我が輩は父親だ！」

チュウは、不機嫌そうに言い捨てた。

「挨拶したのは、貴方じゃなくて、後ろで笑ってる人の方よ」

「グルル……ソーコよ、人が悪いな」

ボルカノが声を発すると、チュウの全身の毛が逆立ち、目がまん丸になった。

しかし、ソーコはこれを完全に無視した。

「貴方がそれを言う？」

「ボ……ボルカノ……」

ガクガクガクと震えながら、チュウが振り返る。

大きさは圧倒的な差があり、ボルカノが口を開けば一口で食べられてしまうだろう。

スゥ……とボルカノの目が細められた。

「様をつけよ、チュウ。貴様、どれほど偉くなったのだ？」

「ボルカノ様……あの、こいつらは、一体？」

「グルル……我の知人よ。フラムを預けている。それで……餌と水に不満を唱えているようだが……食った上での文句ではなかろう？」

「え、あ、その……」

「森妖精(エルフ)達が我らへの馳走と用意したモノだ。せめて、食ってからケチをつけよ。これ以上醜態をさらすと、霊獣ども全体の格が下がるぞ」

ボルカノがわずかな圧を掛けただけで、風が吹き荒れた。

「ひゃ、ひゃぃっ！　ゆくぞ、リトノレ」

「きゅーっ！」

チュウと、その子どもであるリトノレは、一目散に逃げ出した。

その背を見送り、ソーコは息を吐いた。

「いろんな霊獣様がいるのね」

「グルル……俗っぽい奴も中にはいる。……ところで、リオンはどこにいる？」

「今はフラムと一緒に、ティール達のところにいるわ」

すると、ボルカノの仔龍達が騒ぎ出した。

「それで、お前達を探していたのだ。この子達も、リオンに懐いているからな」

「……リオンいるところ、子どもありね」

「そういうことだ。……む？」

不意に、ボルカノが空を見上げた。

すると、風を切る音と共に何か巨大なモノが降ってきた。

「……っ!?」

ケニーとソーコは慌てて、後ずさった。

直後、地面に降り立ったのは、巨大な剣牙虎……フィリオという名の霊獣だった。

遠く東のサフィーンという国にある、モース霊山に棲む霊獣なのだが、諸事情でこの近くに今は居を構えているので、世界樹の開花に合わせてこの地を訪れたのだった。

なので、その存在を知った森妖精達は、大慌てで陣幕とのぼり旗を作ったのだった。

「どうしたフィリオ。お前も捜し物か」

「む、ボルカノか。久しいな。倅達がおらんようになった。探している。ここならば、迷子の心配はしておらんが、何しろヤンチャ故、どんな悪さをしているやら」

「グルル……それなら、心当たりがある。行くとしよう。ケニー、ソーコ、案内せよ」

ケニーは頷いた。

一旦控えの天幕で休憩したかったのだが、それは後回しになりそうだ。

ティールの陣幕、すなわちリオンのいる場所へと、ケニー達は向かうのだった。おそらく、フィリオの仔達も、そこにいる。

ソーコの言う通り、リオンのいるところ、子どもありなのである。

本殿内部にある『世界樹の森』。
その中央にある広場……と呼ぶのも馬鹿馬鹿しいぐらいに広い空間が、霊獣や火龍ボルカノ、海底女帝ティティリエらが集まり、会合をする場であった。
周囲には世話係の森妖精が何十人も囲んでおり、その中にはシルワリェスもいた。

蜘蛛、龍、鳥、剣牙虎、龍魚、オオネズミ、大蛇、鹿、蛙（かえる）、熊、一角ウサギ……。

人の姿を取っているのは現状、ティティリエとスタークだけだ。

そんな大小様々な十数柱の霊獣達に囲まれた場所の中心に、ソーコ達は立っていた。リオンの左右の肩にはフラムとコロンが乗っている。

正面にはナチャがいて、彼らを見下ろしていた。

「子ども達の世話ですか？」

ケニーの問いに、ナチャが穏やかな表情で頷いた。

「えぇ～……ボルカノや、霊獣達が集まったのはぁ、基本的には近況報告会兼飲み会なんだけどぉ……それでもやっぱり、真面目なお話とかもあるのよぉ」

「ああ、それは子ども達は退屈そうですよね」

ケニーの意見に、ソーコも賛成だ。

大人の話し合いなんかより、この空間で駆け回った方が楽しいだろう。

「そういうことだ。森妖精（エルフ）どもに頼もうとも思ったが、我らの世話だけでもかなり神経をすり減らしておる。予定外の仕事、即ち（すなわ）子どもを任せることは難しいと判断した」

ボルカノの言葉を聞きながら、ソーコはシルワリェスを見た。

コクコクコクと、何度も首を縦に振っていた。

「私達ならできると？」

「できぬか？」

「そう言われると、やるしかないわね」

ソーコは肩を竦めた。

「グルル……で、あろうな」

「そういや、ボルカノさん。ミサエルさんは？　あの人なら大丈夫そうかなと思ったんだけど……ついでに、ウチの執事修行中の吸血鬼にも会わせてやりたかったってのもあったんだけど」

ケニーの問いに、ボルカノは小さく首を振った。

「ミサエルには、我のネグラを任せているのでな、ここには来ておらん」

「わたし達にできるかなぁ……って、な、何？」

不安そうなリオンの肩をケニーが、腰をソーコが叩いた。

「エースが、そんなことを言うなんてな」

「そうね……エースにはしっかり自覚を持ってもらわないと」

「エ、エースってなんのこと⁉」

「いい加減、自覚と自信を持つがよい、リオン・スターフ」

さすがに、ボルカノも呆れ気味のようだった。

ぬぅっと、首を突っ込んできたのは剣牙虎の霊獣フィリオだ。

「すまんな。ウチのは男児だ。ヤンチャ故、暴れるようであれば、多少手荒に扱ってくれても構わん。ただ、敷地の外に出るのは防いでもらいたい」

「え、あ、はい」

今、子ども達はこの『世界樹の森』の外れで、森妖精（エルフ）の女官達が見ている。

しかし数が数なので、女官達では長い時間の世話は難しいだろう、というのが親達の意見だった。

ボルカノが唸りながら、フィリオを見た。

「此奴の仔らは、つい先日人間の密猟者に誘拐されてな。少々神経質になっているのだ。この世界樹の花見だが、此奴は本来なら、ここには来ておらなんだ。はるばる東方にあるモース霊山から、子ども捜しに来ておったのだ」

「子どもの心配をするのは、当然だろう」

ふん、とフィリオは鼻を鳴らした。

「へー、そんな事があったのか。でも、無事に見つかってよかったじゃねえか……この森妖精の果実酒、美味いな」

スタークが手酌しながら、フィリオの白い胴体を叩いた。

「……まあな。娘よ、硬くなることはない。大体、今は、世界樹が結界を張っていて出入りを阻んでいる。万が一、子どもを攫おうなどという不届き者がいたとしても、あっさり捕まってしまうだろう」

「でも、なるべくは、敷地からは出さない方がいいと」

「うむ、どうしても事故の危険性はあるからな」

「よろしくお願いしますねぇ……ちゃんと、お礼はしますからぁ……」

そういうことで、ソーコ達は霊獣の子ども達の子守をすることになったのだった。

本殿は、ボルカノ達が使うので、子ども達の遊び場は神殿の庭園となった。

駆けたりするには、充分な広さがあり、神殿の周囲もナチャによれば障壁を張っているということなので、飛んで逃げられることもないらしい。

そして、子守の主役はやはり、リオンだった。

「えっと、割り込みはダメだからね。みんな、順番に並んでくれるかな。ちゃんと全員ブラッシングするからね」

ブラシを持ったリオンの前に、霊獣の仔達が並んで、自分の番を待っていた。

「ぴぁ！」「ちゅん！」

フラムとコロンは、喧嘩しそうな仔達を諫めたり、ブラッシング以外にしてほしいことはないか聞いて回ったりしていた。

「二人とも、お手伝いしてくれて、ありがとう……人、でいいのかなぁ。でも、匹だと何だか失礼っぽいし……うーん」

悩みながらも、手は休めない。

そんな様子を、ソーコ達は少し離れた場所で見ていた。

「相変わらず、すごいわね……リオン。動物に好かれる何かを、発散させてるのかしら。ユニコーンが清らかなる乙女を好むみたいな」

「植物とかゴーレムとかにも好かれたりするから、オーラ的な何かじゃないか？」

ソーコは指で蜘蛛の仔を相手にし、ケニーはボルカノの仔であるエンショウを腕で抱いていた。

「俺は、心が汚れているから、寄ってくる霊獣様の仔も少ないんだろうな」

大半をリオンが世話し、並ぶのが苦手そうな仔や、興味のなさそうな仔を二人は相手をしていた。

そうした仔は大体大人しいので、ソーコ達もまったく負担にならなかった。

「それ、遠回しに私の心も汚れているって言ってるんだけど……あら？」

ソーコの足を、オムツを巻いた剣牙虎の仔がよじ登ろうとしていた。

剣牙虎の仔は確か、三頭いたはずだ。ソーコは名前を思い出した。

「えーと……ルト？」

「にー」

ソーコが名前を聞くと、うん、とルトは鳴いた。

「……最初の名前で、当たりだったみたいね」

「よかったじゃないか。清らかなる乙女だってことが、証明できて」

ソーコは、からかってくるケニーの脇腹を、軽く叩いた。

「ちょっとやめてよ、ケニー。まあ、一応、まともな仕事ができそうでよかったわ」

「ああ、それにしても、これだけ子どもがいると、騒々しいな」

リオンのブラッシングを終え、自由になった仔が、少しずつ増えてきたのだ。

当然、今一番大忙しのリオンの手を借りることはできない。

ここからが、ケニー達にとっての本番だった。

庭園の一角に広げられた昼寝用のシートには、霊獣の仔達が転がっていた。

森妖精(エルフ)の女官達がシーツを掛けようとするが、子ども達は自由に動き回って、なかなか眠ろうとしないようだった。

「はい、お昼寝の時間ですよー。ちゃんと眠ってねー」

パン、と手を叩いたのは、生活魔術科の生徒カレット・ハンドであった。

「〜〜〜〜♪」

そして、子守歌を歌い始めた。

最初は元気にはしゃぎ回っていた仔達も、次第に眠気に誘われ、大人しくなっていった。

「カレットを呼んでおいて、正解だったな」

こちらに気づいたカレットが、ビッと親指を立ててきた。

それに対して、ケニーも親指を返していた。

「……あれって、森妖精(エルフ)達にも効いちゃうんじゃない？」

「にぅー？」

ソーコと、両腕で抱えた霊獣の仔が、同時に首を傾げた。

すると、ケニーは袖から小さな塊を二つ、取り出した。

「森妖精(エルフ)達には耳栓貸してあるから、大丈夫だ」


一方、リオンの列でも小さなトラブルが発生していた。

「ぴぃー」

フラムの鳴き声に、リオンが顔を上げると、列に並んでいた小熊が粗相をしていた。

小熊は、どうしようと小さく鳴き声を上げていた。

「え、あ、漏らしちゃったの？　じゃあフラムちゃん、その子を、おトイレに案内してあげて。粗相をした分は――『粘体（クズモチ）』！」

　フラムが小熊を用意されているトイレに連れていっている間に、リオンはスライムの使い魔、『粘体（クズモチ）』を召喚した。

　地面を滑るように進み、転がっている糞（ふん）を消化していく。

　予想外だったのは他の霊獣の仔達が面白がり、『粘体（クズモチ）』に群がり始めたことだ。

　弾力を確かめようとしたり、引っ張ったり、上に乗ろうとしたりと、子ども達は容赦がない。

「あああああ、わたしの使い魔だから、動くクッションじゃないから。『力人（アーム）』、『朱龍（バーミィ）』、手伝ってぇ」

　リオンはさらに、巨猿と龍の使い魔を出現させた。

　列はほぼ壊滅状態になったが、子どもの世話という意味では負担を分散させることに成功したリオンだった。……まあ、使い魔もリオンの力なので、結局一人でまとめているともいえるのだが。

　ソーコは、抱えている剣牙虎の仔ルトの首回りを掻きながら、そんなリオンの様子を眺めていた。

「大人気ね、リオン……気の毒になるぐらい」

「まあ、リオンの頼みで俺達は列の後ろからの支援になるが……本当にヤバかったら手伝うべきだろうな」

「そうね。そこは状況を見ながらにしましょ」

「に、にぅー……」

ぶるっと、ソーコの腕の中でルトが、震え始めた。

何となく、何がしたいのか、ソーコも察した。

「何よ、アンタもトイレ？　じゃあ、ここにしちゃいなさい。トイレに直結してあるから」

ソーコは、腕のすぐ真下に亜空間の穴を展開した。そして、転移術でルトのオムツを剥ぎ取り、ルトの下半身を穴へと潜り込ませた。

「にー」

しばらくすると、ルトは安堵したような鳴き声を漏らした。

「あとは、『着せ替え』の魔術で……」

下半身をタオルで綺麗にしたソーコは、『着せ替え』の生活魔術でルトの腰にオムツを巻いた。

一方一角ウサギの仔の世話をしていたケニーも同じトラブルにあっていたが、こちらも『七つ言葉（セブン・ワード）』で解決していた。

「ソーコ、こりゃ結構体力と魔術を使いそうだ。回復薬（ポーション）用意しといてくれ」

「そうね。あとは『椅子』の生活魔術を用意して、いつでも座れるようにしときましょ」

「地味に便利なんだよな、これ」

透明な、少し膝を曲げる程度の柱形の椅子が尻の下に出現し、二人は少し休憩するのだった。

一方、先頭のリオンはだんだんと状況に対応できるようになってきていた。

「はい、それじゃ小さな仔はフラムちゃんの言うことに従ってねー……あ、コロンちゃんもお手伝いしてくれるの？」

ルしていた。

フラムとコロンが加わり、実質五体による使役で、予想外の動きをする霊獣の仔達をコントロー
召喚している使い魔が三体。

フラムとコロンも自主的に動き出し、リオンの負担を減らしていた。

「じゃあ、フラムちゃんとは別に、何人かはコロンちゃんと遊んでくれるかなー？」

「ちゅん！」


その様子を、後ろからソーコ達は見ていた。

森妖精の控え天幕に潜り込もうとしていた鹿と蛙の仔を、何とか元の場所に戻せたところだった。

「……リオンがいなかったら、本当に大変だったわね、この仕事」

「その場合、そもそも、俺達に任せなかったんじゃないか？」

「言えてるわ」

ソーコの足下では、ルトが構ってほしそうにまとわりついていた。

最初はあちこち動き回っていたが、だんだんとソーコの言うことが伝わってきているようだった。

それは、ソーコの側も同じだった。

「にぃ！　にぁー」

何か退屈だし遊んでという気持ちが、ソーコに伝わってきていた。

「何よ、私、アンタの喜びそうな遊びとか、知らないわよ？」

「亜空間使ってトンネルとか作ってみたら、どうだ？」

た。

穴に落ちたと思ったら、その穴は消失した。直後、真上の穴から降ってきたルトが地面に着地し
足下に亜空間の穴を作り、すぐ真上の亜空間と繋げてみる。
ケニーの提案に乗って、ソーコはやってみた。
「そんなので、喜ぶかしら」

「に！」

一瞬目を丸くしたルトだったが、すぐに瞳を輝かせた。

ルトが、ソーコの足下に突進した。

「何よ、もう一回？」

「に、に！」

請われるまま、ソーコは亜空間を繋いで、ルトを二回、三回と落とした。

すると、他の霊獣の仔も興味を持ったのか、ソーコ達に近づいてきた。

「続けるのはいいけど、同じパターンじゃすぐに飽きそうね」

ルトは喜んでいるが、何より時空魔術を使用しているソーコが不満だった。

「ソーコ、材木余ってないか。簡単なアスレチックを作ってみよう」

「何よ、やる気になったの？」

「リオンにばかり、霊獣様の仔が集まるのはちょっとな。もっと、攫ってやろう」

ソーコから木材を受け取ったケニーは、早速アスレチックの組み立てを始めた。魔道具の製作に
比べれば、このぐらい楽なモノだった。

「お手伝いー、お手伝いなのです。ソーコさん達はどこなのですかー」

キーリンは、ソーコ達の姿を求めて『庭園』をうろついていた。

しかし、先に発見したのはソーコ達ではなく、シルワリェスだった。何だか、呆気にとられた顔で向こう側を見ていた。

「あ、シルさん発見なのです。どうかしたのですか？」

「……何ですか、あれ？」

あれ？　とキーリンもシルワリェスの視線を追って、同じように呆気にとられた。


「あら、キーリンも来たの？」

駆け寄ってくるキーリンに、ソーコは気づいた。その後ろにはシルワリェスがついてきていた。

「ソ、ソソソ、ソーコさん。これ一体何なのですか⁉」

「見ての通り、アスレチック施設よ」

キーリンが指さした先には、巨大な木造の施設ができていた。

滑り台や雲梯、ブランコ、丸太渡り、吊り橋などが組み合わさり、しかもソーコが時空魔術で空間のあちこちを繋げたせいで、巨大迷路の側面もあった。

そして霊獣の子ども達の多くが、このアスレチックで遊び回っていた。

「いや、うん、それは分かるのですけれど……いいのですか、シルさん？」

「えっと……まあ、ナチャ様次第かなーと……」

シルワリェスは引きつった表情で、本殿の方に視線を向けていた。

騒ぎが起きたのは、その時だった。

「きいぃ！」

甲高い鳴き声と共に、肉と肉のぶつかり合う音が響いた。

おそらく、霊獣同士がぶつかった音だろうと、ソーコは推測した。

「ちゅんっ！」

「にあぁ！」

他に聞こえてくるのは、鳥と猫っぽい鳴き声。

音の方に顔を向けると、一体はオオネズミの霊獣の仔、それに立ち向かっているのはコロンとルトだ。

「何よ。喧嘩？　えーと……さっき、私達に命令しようとしてた霊獣様の仔よね」

とりあえず、ソーコは諍いの場に近づくことにした。

事情は分からないが、喧嘩は避けるべきだろう。

「名前はリトノレだな。オオネズミの霊獣チュウ様の仔だ」

ケニーは、しっかりオオネズミの仔の名前を憶えていた。

争っているのは神殿の入り口前で、森妖精（エルフ）の女官達は遠巻きにそれを見ていた。

止めるべきかどうか、迷っているのだろうが、普通に止めるべきだとソーコは思う。

「ちゅうっ！　ちゅちゅう！」

「ちゅちゅん！」

「にぁおぅ！」

神殿の外に出ようとするリトノレ、それを止めようとするコロンとルトという形のようだ。

「……どうも、外に出せって言ってるみたいね」

「ついにソーコも、リオンの域に達したか」

「いや、こんなの言葉なくても、見れば分かるでしょ!?　あからさますぎるじゃない！」

などとケニーとやり合っていると、リオンが仲裁に割って入っていた。

「お、落ち着いて、リトノレちゃん。お父さんが戻るまでは、ここにいるように言われてるでしょ？」

「きあぁ……！」

しかしリトノレは興奮しているのか、リオンの言葉が届いていないようだった。

歯をむき、リオンを睨みつけていた。

「え、あの、リトノレちゃん……？」

「きぃぃ！」

そして、リトノレはリオンに飛びかかった——が、その動きは途中で静止した。

ソーコが時空魔術で、リトノレの動きを止めたのだ。

「ちょっと、ウチの身内に何してくれてんの、アンタ」

「きぃ……⁉」

手足をばたつかせているが、リトノレは空中で固定されたままだ。

敵意を隠そうともしないリトノレに、ソーコは目を細めた。

「ちょっとお仕置きが必要ね」

出入りが可能な、亜空間の四角い穴を展開する。

リトノレをつかんで、ソーコはその中に入ろうとしたが、それをリオンが制止した。

「ま、待って、ソーコちゃん」

「何よ、リオン。顔に傷でもできたら大ごとだったのよ？　まさか、止めるつもりじゃないでしょうね」

ソーコの手の中で、リトノレはまだ暴れていた。

「えっと……何で、そんなふうに暴れるのかを、まず聞いてほしいかな？」

「答えないかもしれないわよ。こういうのは大体ふてくされるわ」

「それでも、聞いてみないと分からないから」

この辺が、リオンが動物に好かれる要因なんだろうな、とソーコは思った。

「……まあ、被害者本人がそう言うんなら、その意思を尊重しときましょ」

「ありがと、ソーコちゃん」

「感謝されるほどのことじゃ、ないわよ」

言って、ソーコは亜空間に入った。

亜空間の中は真っ暗な空間だった。

「き、ききぃ……？」

「さて、話をって言いたいところだけど私、アンタの言葉分からないのよね」

戸惑うリトノレに、ソーコは声を掛けた。

暗黒空間ではあるが、ソーコとリトノレの姿はハッキリと見えていた。

「きっ！」

リトノレは四肢を踏みしめ、臨戦態勢を取った。

「本当なら、この暗黒空間に閉じ込めてしばらく反省してもらう予定だったけど、リオンに感謝するのね。アンタの記憶を辿らせてもらうわ」

暗黒空間に光が満ち、森、川、村、祠……と様々な風景が現れ始めた。

それらはソーコの知らない風景だ。

「きぃぃ……っ⁉」

リトノレも戸惑っているようだ。

ただ、次々と切り替わる風景には、心当たりがあるようだった。

「暴れても無駄だし、これ自体に害はないわ。単なる過去の再現にすぎないの。私はアンタの言葉は分からない。でもアンタ、私の言葉を理解してるでしょ？」

「きうぅ……！」

鋭い鳴き声だったが、ソーコに対する返事にはなっていた。

「もっとも、映るのはアンタ自身も憶えてない、深い記憶の中だから、実際に何が再現されるかは私もアンタも、分からないんだけどね」

それにしても……とソーコは自分の中の魔力に戸惑った。

何だかここ最近、力が増しているような気がする。

この、今展開している魔術も、本来ならもっと時間がかかるモノなのだ。

しかし、そういう戸惑いを今、リトノレに見せるのはよくないと判断し、ソーコは平静を装った。

『過去再生』の時空魔術。

普段のソーコなら、負担が大きすぎて難易度が高い魔術だ。本来ならいくつもの魔力回復薬（マナ・ポーション）が必要になるだろう。

やがて、風景が止まった。

木をくり抜いた部屋のようだ。

世界樹ほどではないが、かなり大きいモノだろう。

家具は一通り揃っていて、ベッドには大きなネズミが座っていた。

「きぁっ!?」

それを見て、リトノレが飛び上がった。

『久しぶりね、リトノレ』

女性の声だ。おそらく、リトノレの母親だろうか。

「きうー！」

リトノレは女性のオオネズミに飛びつこうとしたが、すり抜けてしまった。

『ごめんなさい。抱きしめてあげることはできないの。今の私は貴方の記憶の中の私だから』

「きうー……？」

意味が分からないのか、リトノレは何度もオオネズミに飛びつこうとして、失敗していた。

「実体じゃないから、無理ってことよ」

諦めなさい、とソーコはリトノレを摘まんで持ち上げた。

『そういうこと。私は偽物でもあり、本物でもあるわ。それで……どうして、暴れてたの？』

「きぃー……きうぅ……」

ソーコの手に乗ったリトノレは、身振り手振りで母ネズミに説明しているようだった。

「何て言ってるの？」

『世界樹の大通りが華やかだったから、また見てみたいんですって。お祭りの雰囲気が気になってるのね。だったら、暴れる前にそれを伝えるのが先でしょ』

「きー……」

母ネズミに諫められ、リトノレはションボリした。

小さく鳴くリトノレに、母ネズミは目を和らげた。

『リトノレ、人に伝わらないなんて、言い訳よ？　言葉では分からなくても、雰囲気で察する人がいたみたいじゃない』

「……ああ、リオンのことね」

二匹の会話に水を差さないレベルで、ソーコは呟いた。

「一人で外に出るのはダメよ。アンタ霊獣様の仔で、一応重要人物なんだから。でも、保護者に相談すれば、何とかなりそうね」

「きぅー……？」

リトノレは、ソーコを見上げた。

「私達が外に連れてってあげるって言ってんの。感謝しなさい」

「きぅっ！」

喜びの声を上げるリトノレに、母ネズミは微笑んだ。

そして風景と共に、母ネズミの姿も次第にぼやけ始めた。

『それじゃ、お願いするわね。現実の私は死んでいるのに、成長した子と話ができるなんて、なんだか不思議な気分だったわ……』

「き、ききぃ！」

『リトノレ、その人の言うことをよく聞くのよ……じゃあ、またね……っていうのも、変な感じだけど……』

リトノレは鳴き声を上げたが、風景はどんどんと薄れ、やがて真っ白い空間になってしまった。


ソーコとリトノレは、亜空間から出た。

最初に目に入ったのは、心配そうにするリオンだった。

「あ、おかえり、ソーコちゃん。それで……」

「問題ないわ。お仕置きはなしになったけど、ほらリトノレ。迷惑掛けた人に、謝りなさい」

「ききぅ……きぁ！」

リトノレは、リオンとコロンとルトに謝罪の鳴き声を上げた。

「はい、よくできました」

リトノレが謝り終えると、ソーコはその身体を撫でた。


それからソーコはケニーやリオンを連れて、亜空間に戻った。

子ども達を放っておく訳にもいかないので、リトノレをはじめ、全員連れてくることとなった。

ついでに、という訳でもないがキーリンもついてきた。

シルワリェスは『庭園』を監督しておくと、外に残ることにした。

そして、ソーコは『過去再生』の時空魔術を再び行った。

今度の対象はリオンで、森の中の小さな一軒家が投影された。

部屋の中央には湯気を立てる大釜が据え付けられ、天井からは乾燥させた薬草がつるされ、本棚にはいくつもの魔術書が収められていた。壁際には重甲冑（じゅうかっちゅう）が飾られている。

魔女の家だ。

「どう思う？」

「ふわぁ、すごいねぇ。お師匠様の家、そのまんまだよ。……お師匠様、出てきたりしないよね？」

リオンは家の中を見渡し、感嘆の声を上げた。

「出そうと思えば出せるわよ」

ソーコが言うと、リオンはぶるっと震え上がった。

「いや、それはやめとこ？　お師匠様の場合、もしここに現れたら、そのまま居座りかねないから。

わたしの記憶経由でも、お師匠様、そういうことしかねないから」

「……アンタの師匠、なかなか半端ないわね」

相当高位な魔女らしい。

「ぴぅ」

「きあぁ？」

フラムやリトノレが興味深そうに、部屋を探索し始めた。

もっとも家具もあくまで投影されたモノであり、潜り込むことなくすり抜けてしまう。

他の霊獣の仔達も、あちこちに散らばっていく。

それに慌てたのは、キーリンだ。

「わ、わわ、みんな迷子になっちゃうかもしれないのですよ！」

「いざとなったらすぐ消すから、大丈夫よ」

ここは、ソーコの作り出した亜空間だ。

解除してしまえば、どこにいっても、元の空間に戻すことができるのである。

「家も森も、見た目は本物の質感だな。……ソーコ、今までこんなの、できたのか？」

ケニーの問いに、ソーコは唇を尖らせた。

「できなかったから、聞いてるのよ」

「つまり自慢か」

「違うわよ！　どうもこの世界樹の麓に来てから、妙に力が増してる気がするの。二人にそういうのはないかって聞きたかったのよ」

「うーん、特には何も？　あ、動物がすごく集まってくる！」

リオンは首を傾げていたが、ハッと思いついたらしい。

「それは、ただのいつも通りだ」

「リオンは参考にならないとして」

「酷いことを言われてる⁉」

ケニーとソーコが一刀両断すると、リオンは涙目になった。しかし、動物がリオンに集まってくるのは本当にいつものことなので、何の参考にもならないのも事実であった。

一方ケニーは、しばし考えて、首を振った。

「俺も特に変わりがないな。大体、他のみんなからして、そういう異常があるなら誰かが言うだろ。……いや、もしかしたらそういう奴もいるかもしれないけど、少なくとも全員じゃなさそうだな」

そこで手を挙げたのは、キーリンだった。

「おそらくですけど、ソーコさんが世界樹と共鳴しているのですよ」

「えっ、キーリンは何か知ってるの？」

「ソーコさんは、ナチャ様降臨の儀式で巫女を行ったのですよ。巫女はみんな、世界樹と共鳴する力があって、魔力も高いのです」

「魔力が高いから、世界樹と共鳴するんじゃなくてか？」

ケニーが質問すると、キーリンは首を振った。

「うーん、どれだけ魔力が高くても、巫女になれない人はなれないのです」

「それで、共鳴している人間は、使える魔術もパワーアップしたりするのか」

「そういう人もいるし、世界樹の麓の範囲でなら遠く離れた人に自分の思考を直接伝えることができたり、風を送ったりとか、そこは人それぞれなのです。でも、普通の巫女はこんなすごいことはできないのです」

「そこは、百年に一度の開花の効果ってことかな」

「だと思うのです。推測なのですけど」

「まあ、特に害がないのなら構わないわ」

力が増すことで何か問題が生じるのか、それが一番の気がかりだったのだ。

ひとまず、巫女を務めたことが原因という推測があれば、それでソーコは納得することにした。

不意に風景が、魔女の家から切り替わった。

「きぁー……！」

リトノレが、声を上げた。ソーコには、見覚えのある場所だった。

「お、ダンジョンか。『試練の迷宮』だな、懐かしい」

次に切り替わった風景は、臨海学校の時に行った海だった。

「お、おっきい水たまりなのです！」

キーリンが、目を丸くしていた。長い耳を何度も上下させ、興奮しているようだった。

「海よ。見たことないの？」

「は、初めてなのです」

次に切り替わった風景は、海の中だ。

「ぴぁー」

フラムが、泳ぐ魚群を捕まえようとしたが、あくまで投影なので失敗していた。

「ちなみにこれが、その海の底」

海底には沈没船と、そこから太い触手が出現していた。

「何か、すごいのがいるのですよ⁉」

「ああ、邪神だな」

「邪神⁉」

平然と言うケニーに、キーリンは飛び上がった。

さらに切り替わった風景は、遥か空の上だった。地上には王都やいくつもの街や村が広がり、今ソーコ達がいるのは飛龍の背中だった。

正面には、宙に浮かんだ巨大な城があった。

「今度は、お空に浮いているのですよ⁉　これは何なのですか⁉」

「天空城よ。ちょっと前、空に浮いてたでしょ」

「ああ……って、皆さん、こんなところまで行っていたのですか⁉」

言われてみれば、あちこち行っているわね、とソーコは過去を振り返った。

次に切り替わった風景は、溶岩地帯でそこがどこか察したソーコは、急いで王都に切り替えた。

「フラムのウチはやめといた方がいいわね」

「ぴぁー？」

何で？　見たかったのに？　と言いたげなフラムに、ソーコは肩を竦めた。

「家主の許可もなしに、中を見せるのはよくないでしょ」

「ぴぃ！」

確かに！　と、フラムは納得してくれたようだった。

「……皆さん、いろんなところに行っているのですね」

キーリンは呆れ半分、感心半分といった表情だった。

「多分、普通の人は、ここまであちこち行かないいんじゃないかなぁ……」

リオンは、苦笑いを浮かべていた。

「皆さん、羨ましいのです。ボクはここかせいぜい『迷いの森』ぐらいしか、知らないのですよ」

すると、景色が霧に包まれた、森の中に変わった。キーリンの背後には、まだ若い霊樹がそびえ立っていた。

「王都なら、案内できるわよ。さすがにジェントは遠すぎるけど」

ソーコは純粋な好意でそれを言ったのだが、何故かキーリンは寂しそうな表情で、後ろに立つ霊樹を振り返った。

「あはは……機会があれば、お願いしたいのです」

「……？」

何か事情があるのか気になったが、あまり語りたい様子でもなかったので、ソーコは追求しなかった。

『庭園』でのトラブルは、本殿内の霊獣達にも伝わっていた。

森妖精達が知らせるまでもなく、その程度のことは彼らには普通にできるのだ。

「グルル……どうやら騒ぎは鎮まったようだな。リトノレは周りの仔らに謝っているようだ。親としてどう思う、チュウ？」

火龍ボルカノは人の姿を取り、酒を飲んでいた。

「あの子が……今まではなら、ふてくされて部屋にこもっていたのですが……」

リトノレの親であるオオネズミの霊獣チュウは、驚いているようだった。

ボルカノは、チュウを見下ろした。

「悪さをしたならば、それを恥じて謝る。普通のことだ」

「驚くってことは、つまり普段はそうじゃねえってことか？」

海底女帝ティティリエについてきたスタークは、果物を摘まみながら、チュウに尋ねた。

「お恥ずかしい話ですが……叱ったことがないので、わがままに育ってしまったようです」

「叱れよ」

スタークの答えは簡潔だった。

「ぐっ……」

「親が偉そうな態度をとっているから、それに倣っているのではないか？　子どもは親の背中を見て育つという。そういえば、宴が始まる前にもあの生活魔術師達だったか。彼らに何やら要求していたな？」

「フィリオの旦那の背中は基本的に上向いてるから、子どもには見えねえんじゃねえかなぁ」

フィリオの言葉をスタークが茶化した。

「揚げ足をとるな、スターク」

フィリオは不機嫌そうに、牙をむいた。

「ハッハッハ。でもよ、えらそうに言ってるけど旦那の子どもらも、随分ヤンチャじゃねえの？」

「う……ひ、姫は、大人しいぞ！」

弁解するように、フィリオは言った。

「他の三頭がヤンチャなことの、釈明にはなってねーじゃん、それ」

「……いずれ、己らの力を自覚すれば、自然と落ち着く。それまでは、伸び伸びと育てばよいのだ」

からかうスタークを無視して、フィリオは話を締めくくった。

「グル……フィリオが言うと、説得力があるな」

「そうねぇ……フィリオちゃんも、若い時はぁ、いろいろあったモノね……うふふ」

ボルカノの言葉に、クスクスとナチャが笑った。

「そういう話はやめるのだ。我にも威厳というモノが一応はある」

フィリオは首を振り、縮こまっているオオネズミの霊獣チュウを見た。

「チュウの場合は体躯の小ささもあり、舐められぬように虚勢を張っている部分があるな。だが、人を相手に威張る必要はあるまい？」

「フィリオ殿はその巨体故、分からぬのです。霊獣の中でも、我が輩のような小さきモノの気持ちは……」

「それは確かに分からんな」

チュウの愚痴を、フィリオは流した。

「そこはフォローを入れてほしかったのですがね！」

「分からんモノはしょうがないだろう。だが、虚勢がタダでさえ小さきお主を、さらに小さく見せることは分かる。威張る必要はない。ただ、霊獣として堂々としておればよいのだ」

フィリオに、ボルカノも言葉を重ねてきた。

「貴様も、曲がりなりにも霊獣であろう……格上、同格ならともかく、見かけで貴様を嘲笑う人間如きに後れはとるまい。グルル……その時に、力を見せればよいのだ」

「みんな、好戦的ねぇ……」

呆れ半分、苦笑い半分でナチャは吐息を漏らした。

「ナ、ナチャ様はどう思われます？」

チュウは、そのナチャに意見を求めた。

「どう……って？　ワタクシ、嘲笑われたこと、ありませんから……まあ、もしもその時が来たら……骨も残しませんけど……うふふ」

スッと目を細めるナチャに、チュウは震え上がっていた。

「お、おっかない方ばかりだ……」

その時、森妖精の女官が慌てた様子で、こちらに近づいてきた。

しかし、誰に話せばいいのか迷っているようだった。

「何だ！　……ではなく、森妖精よ、どうした？」

フィリオが普段通りに語りかけようとし、顔を青ざめさせている森妖精（エルフ）の女官に、慌てて言い直した。

「その、子ども達が郷を見て回りたいと申しておりまして……」

「まさか、まだリトノレが駄々をこねているのか？」

チュウの問いに、森妖精（エルフ）の女官は首を振った。

「あ、いえ、リトノレ様もそうですが、他の仔達もです。なので、その判断を仰ぎたく思い、こうして伺わせていただきました」

神殿からの外出の許可が出て、霊獣の仔達は大喜びだった。

ただ、世話係は生活魔術科が引き続き行うことになっていた。

霊獣の仔が大量に外に出れば、大騒ぎになる可能性もあるということで、一旦本殿にいる火龍ボルカノの魔術で、子ども達を人の姿に変えることとなった。

そうして今、『庭園』にはたくさんの子ども達が集まっていた。

「こうしてみると、本当に獣人っぽいわね」

「ソーコ姉さまといっしょ！」

「いっしょいっしょ！」

ソーコを見上げるリトノレは、五、六歳のネズミ獣人姿だった。

　また、剣牙虎の霊獣の仔ルトは、銀髪の虎獣人姿である。こちらは十代前半ぐらいだ。緑色の服は森妖精(エルフ)から借りたモノである。

「いつの間に私、アンタの姉さんになったのよ」

「じゃー、呼び捨て？」

　コテン、とリトノレは首を傾げた。

「それはそれでムカつくわね。とにかくアンタ達、これをつけなさい。ケニーが造った迷子防止の魔道具よ。どこにいても、アンタ達の位置が分かるらしいの」

　リトノレとルトは、ソーコが差し出した腕輪を受け取った。

「ソーコ姉さまはつけないの？」

　他の子ども達と同じように、リトノレも腕輪をつけた。

「私は大人だから、いいのよ」

　すると、リトノレはむぅ、と頬を膨らませた。

「にぅ。リトノレ、がまん」

「……ん」

　ルトが諌めると、リトノレは不満はあれど口にはしなかった。

　癇癪(かんしゃく)を起こさないようになっただけ、成長したというべきだろう。

「ケニー君、もう一つ腕輪ある？」

「ああ。話は聞いてた」

　リオンがソーコの袖をめくり、ケニーがその腕に腕輪を装着した。

「ちょっ、なんで私までつけるのよ!?」

「ソーコ姉さまとおそろい！」

「にぁー、おそろいー！」

一方、リトノレとルトは嬉しそうにしていた。

「せっかく、懐いてくれてるんだし、機嫌を損ねることもないと思うよ？」

「俺達もつけたんだし、文句はなしな」

リオンとケニーの腕にも、同じ腕輪があるのを見て、ソーコはため息をついた。

そうして、人の姿を取った霊獣の仔達と生活魔術科の生徒、それに森妖精（エルフ）達は神殿の外に出た。

祭りということもあって、森妖精（エルフ）の郷も人で賑わっていた。

「ふわぁ……」

その光景に、リトノレは歓声を上げていた。

「にぁー！　人がいっぱい！」

ルトが飛び出しそうになったので、ソーコはその襟首を捕まえた。

「そうね。森妖精（エルフ）以外にも、いろんな種族がいるわ」

「さすがに、どのお店も満席だねぇ」

木の洞を利用した店もあちこちにあるが、今のソーコ達の集団を受け入れられるほどのお店は、なさそうだった。

「興味深い店はいくつかあるが……食べ歩きは、夜になってからだな」

ケニーは、入るべき店を、チェックしているのだろう、熱心にメモを取っていた。

「ソーコ姉さま、どこに行くの？」

右手にリトノレ、左手にルトの手を引っ張りながら、ソーコは答えた。

「この人数じゃ、入れる店なんてないでしょ。だから、自分達で場所を作るのよ」

「にぁ？　よく分かんない」

ルトはリトノレを見た。

リトノレも分からないらしく、ソーコの左右で首を傾げる二人だった。

助け船を出したのは、キーリンだった。

「公園なのですよー、ルト様」

「にゃ、こーえん？」

「聞いた話だと屋台も並んでるみたいだし、花見にはちょうどいいかなと思ったのよ」

「ねねね、はなみって、何？」

リトノレが、ぶんぶんと手を振り回した。

「花を愛でながら料理や酒を楽し……っていっても、花を愛でるっていうのは、私もいまいち分かんないわ」

「それ、言っちゃうんだ、ソーコちゃん」

リオンは、困ったような笑みを浮かべていた。子ども達は手を繋ぎたがっていたが、手が足りなかったので、リオンの周りに寄り集まっていた。人化を望まなかった火龍の仔フラムと霊長ティールの兄コロンだけは、リオンの両肩に乗っていた。

「要するに、世界樹の下で、いろんなうまいモノを食べたり、ジュースを飲んだりするんだ」

子ども達に分かりやすく説明したのは、ケニーだった。

子ども達の目が、期待に輝いた。

「ふあぁ……！　おいしいもの……！」

「ぶっちゃけすぎよ、ケニー」

「だけど、一番分かりやすいだろ」

ソーコが咎めたが、ケニーは軽く笑うだけだった。

そして、キーリンの案内で、一行は公園に入った。森妖精の郷自体が公園みたいなモノだが、公園は全体的に開けており、木々の多くが敷地の周辺へと寄っていた。

「この辺で、どうなのでしょうか？　なるべく平らな地面で、比較的静かな場所というので、ボクの知ってる場所で恐縮なのですが」

「いいんじゃないかしら。それじゃ、準備するわよ。子ども達はちょっと下がってて」

ソーコは亜空間から、丸まったシートを取り出した。

「——展開‼」

巨大なそれは地面に落ちると、自然と転がって開かれていった。開かれたシートには、森妖精様式の紋様が織られており、そこからいくつもの菓子が出現した。

パフェ、ケーキ、シュークリームなどに加え、各種ジュースが揃っている。

「こ、これは⁉」

「え、森妖精（エルフ）の伝統工芸品であったでしょ？　料理の出るテーブルクロス。アレの拡大版。料理の出るピクニックシートよ。時間的におやつの方がいいと思って、スイーツ版ね」

なお、並んでいる料理はソーコではなく、ケニーやタスが担当した。

霊獣の仔達は、口から涎を垂らしていた。

「宴会版だ。さ、とにかく食べようか。その後は昼寝するなり、遊ぶなりすればいい」

「ソーコ姉さま、すごい……」

「にぅ、これ食べていいの、全部？」

「今頃分かったの？　私はすごいのよ。あと、ちゃんと分けて食べなさい」

リトノレとルトの賛辞に、ソーコは胸を張ったのだった。

会合が終わり、霊獣達は本殿から出た。

オオネズミの霊獣チュウを、その子どもであるリトノレが出迎えた。

ボルカノが掛けた人化の魔術は既に解け、小さなネズミの姿に戻っていた。

「きぃー」

「おお、リトノレ。よい子にしておったか」

「きぅ！　きぁ！」

チュウは、リトノレの報告を聞く。周りでも、霊獣たちの親子の再会が行われ、賑やかだ。

神殿を出て、リトノレは大通りを歩き、公園で菓子を食べたという。自分だけでなくみんなで食べて、遊んでいるうちにみんなと仲良くなったらしい。

剣牙虎の霊獣の仔ルトをはじめ、リトノレはいくつもできた友達の名前を挙げていった。他にも、森妖精(エルフ)の子どもの友達もできたようだ。

「……何と。我が輩とちょっと離れている間に、こんなに友達を作ったのか。リトノレはすごいな」

チュウは本気で感心していた。少し前ならいばりんぼうで、自分の気にくわないことがあったら同年代の子もはねつけていたというのに。

「きぅー……」

「ん？」

リトノレが振り返った先には、狐獣人らしき娘がいた。

視線に気づいたのか、彼女もチュウを見た。

「貴様……ではない、お前……でもなく、君が、リトノレが言うソーコ姉さまか？」

「ソーコ・イナバ。ジェント出身の生活魔術師よ。ソーコ姉さまはやめてって、言ってるんだけどね」

「そうか。倅が世話になった。その……なんだ……ええと、礼を言う」

「どういたしまして」

「きぁー……」

そして、リトノレがチュウにおねだりした。

これまでなら、かなりの我儘な要望だったが、今回は少し違っていた。

「イナバの嬢ちゃん。君に一つ頼みがあるのだが……」

なので、チュウも命令ではなく、提案という形でソーコに話を切り出した。


世界樹の神殿『庭園』の森妖精控え室。一仕事を終えたソーコ達は一旦ここで休憩し、その後、森妖精の郷大通りの飲食店を適当に回ることにした。

「よかったじゃないか」

丸いゴザに胡座をかき、ゴーレム玉のタマを適当に空中に泳がせながら、ケニーは言った。

「よかったっていうか……よかったのかしら。この仔達、連れて歩いちゃって」

「きぅー……」

「に……ぅー……」

正座するソーコの手元には、遊び疲れて眠っているオオネズミの霊獣の仔リトノレ、剣牙虎の霊獣の仔ルトが丸まって眠っていた。

「親である霊獣様二柱がいいって言ってるし、リトノレとルト自身の希望だろ。で、ソーコもそういうことならって返事したんだ。何を今更」

これまで我が儘ばかり言っていたリトノレを更生させたソーコなら、というチュウと、一頭だけなら不安だが同じ霊獣の仔であるリトノレやフラムがいるなら子どもであるルトに人間の生活を見せてやりたいというフィリオ。

霊獣二柱に頼まれては、さすがにソーコも断れなかったのだ。

「むぅ……」

ソーコは唸り、正座を崩しているリオンを見た。

「え、普通に羨ましいよ。ねえ、フラムちゃん？」

「ぴぁー」

フラムは、リオンに同意するように鳴いた。

「ほら、フラムちゃんも友達が増えて喜んでるし」

こうして、ソーコは二柱の霊獣の仔を従えることになったのだった。

第五話　生活魔術師達、世界樹の果実を収穫する

世界樹の神殿、本殿。

擬似的に吹き抜けになった空間は、空を見上げれば虹色に輝く花を咲かせた世界樹の枝葉が、傘のように広がっているのが見える。

それでいて、まったく暗く感じないのが不思議な感覚だ。

その世界樹の一部が円形にズームアップし、やがて枝になっている果実がアップになった。

生活魔術でいえば『焦点拡張』といったところか、とケニーは思った。

「見えますかぁ……？　コレが世界樹の果実です」

世界樹の一部をズームアップさせたのは、蜘蛛の霊獣ナチャである。

子ども達の世話を行ってから、三日が経過したこの日、何故かケニー達はナチャからこの本殿に招かれたのだった。

用事というほどではなく、ただのお茶会であった。出されているのは蜂蜜茶という、甘いお茶である。

「見えるけど……アレのせいで、みんなが世界樹に登れなくなっちゃったってこと？」

「はいー……もっとも、それほど長い時間ではありませんけどね」

現在、世界樹には障壁が張られていて、森妖精は登ることができなくなっていた。

幹が滑るのだ。

ロープを使えばあるいは、とケニーは思ったが、世界樹が拒絶している状況で、そこまでして登る森妖精はいないらしい。ならば、他種族や魔術学院の生徒も、行わないだろう。バレれば間違いなく出入り禁止になる。

例外といえば、有翼人達ぐらいだが、彼女達も霊長ティールに言い含められているのか、必要以上に世界樹に近づくことはなかった。

「まさか、萎れるまでってこともないと思うし……熟するまで、かな？」

「そうですねぇ……そして、実がなってから熟するまでの期間は、結構短いのですよぉ。そして、これから数ヶ月後に毎年恒例の収穫祭が行われますが、本来の意味での収穫祭はこの果実の収穫を指すのですよ……」

気怠げに、ナチャは言った。

「二つ、同じではややこしいので、こちらを『世界樹の収穫祭』と呼んでいるんですよー……」

パン、と手を叩いたのはリオンだった。

「あ、もしかして、ここに来るまでジョギングや筋トレ始めている森妖精を見たのって、その『世界樹の収穫祭』と関係あります？」

「鋭いですねぇ……」

ふふふ、とナチャが笑う。

「……ただ、収穫を祝う祭りじゃない、ですよね？」

「まあ、のどかな収穫祭のイメージと、森妖精達の気合いとじゃ、ちょっとミスマッチよね」

ソーコは、ここに来るまでに見かけた、森妖精達の訓練風景を思い出した。

明らかに、森妖精達のそれは臨戦態勢にあるのだ。

「あの、何か、不穏な雰囲気を感じるんですけど」

リオンが顔を引きつらせると、ナチャの笑いがさらに深くなった。

「ふふふぅー……そうですよぉ。『世界樹の収穫祭』は、収穫の競争相手を木の枝から蹴落とし、あの世界樹の果実を一つでも多く得る、祭事なのです」

「奇祭にも程があるわね⁉」

ソーコは突っ込んだ。

おそるおそる、リオンは手を挙げた。

「あの、どうしてまた、そんな物騒なお祭りになっちゃったのですか？」

「森妖精は長い長い時間を過ごしますよねぇ……その長い時間は、森妖精達を退屈させてしまうのですよぉ……息をして、ただご飯を食べるだけの生活……それは、生きていると言えますかぁ？」

「生物的には言えますけど、人の営みという意味だと退廃的ですね。ああ、なるほど、だからですか……互いに競い合うことで、人生に張り合いをってことですね」

ケニーは蜂蜜茶を啜った。

「それが起源とされています……現代だと、少々野蛮、と見られるかもしれませんけどぉ……必要だったのですよぉ。そして、この『世界樹の収穫祭』で一番果実を収穫した者にはぁ……何と、世界樹が叶えられる範囲の願いを、叶えてくれるのですよぉ」

む、とソーコは唸った。

「……何だか、ずいぶん限定的なお願いっぽく聞こえるわね」

「全知全能、っていう訳じゃないですからぁ……たとえば、自分が生きている間は、果物を食べるのには困らないようにしてほしいとかー……あとは、単純に畑の収穫に実りをーとか、そういう願いですねぇ」

「ああ、世界樹だから植物に関するお願いが、しやすいんですね」

となると、とケニーは考える。植物を育てたり、栄養を与えたりすることができる植物魔術とかも、望めばもらえるのだろうか。

「死者をよみがえらせるとかー、永遠の生命をーとかは、無理でしょうねー。……あ、世界樹と一体化することでー……もしかすると擬似的に、永遠の生命は、叶うかもしれませんねー」

「えっ、そんな願いごと、した人いたんですか？」

リオンが目を瞬かせた。

「しようと思ってる人はぁ、何故か一番にはなれないんですよねぇ……それ以前に、参加できないことがほとんどなんですねぇ……不思議ですねー」

コテン、とナチャは首を傾げた。

それよりもケニーには引っかかる一言があった。

「参加できない？　その祭りって、参加の条件があったりするんですか？」

「世界樹がぁ、選別するんですよぉ……時期が来るとぉ、この世界樹の麓にいる者の中にぃ……徴(しるし)が現れます……その徴(しるし)の持ち主のみがぁ、世界樹に登ることができるのですよー」

徴は手の甲に現れ、一目瞭然なのだという。

「じゃあ、収穫までの間に、果物泥棒が出る心配はないってことね」

「世界樹の果実って、美味しいのかなぁ」

「美味いらしいな」

リオンの疑問に、ケニーは断言した。世界樹の果実については、魔術学院の図書館にある論文で目にしたことがあるのだ。

「待ってケニー君、祭りのことは知らないのに、味の情報は知ってるの!?」

「あくまで伝承だがな。とてつもなく甘いが決して下品なそれではなく、香りも爽やかでありながら濃厚。皮のまま食べるもヨシ、剥いてもヨシ。果実は蜜に満ち――」

「ケニー君、分かった。分かったからストップ！」

まだ喋り足りなかったのだが、リオンに止められてしまった。

とにかく、ケニーとしては是非とも口にしたい一品なのだ。

「味以外だとー……効果の高い薬の材料になったりとかー、そのまま食べるだけでも数歳若返るとかー、ありますねぇ……ふふふぅ、ケニー君が参加者に選ばれるといいですねぇ」

効果に関してはさして興味はないが、食材としては面白そうではあった。

「しかし、そうですねぇ……百年に一度ですからー、ほとんどの人は『世界樹の収穫祭』のことは知りませんし……早速、お触れを出しておきますねぇ」

ナチャが手を叩くと、後ろに控えていた森妖精の女官達が頷き、何人かが消えていった。

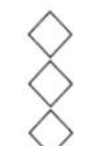

「お疲れ様だったのですよー」

ナチャのお茶会を終えて神殿を出たケニー達を、キーリンが待っていた。

四人で、畑の広がる森妖精の郷の外れに向かう。

森の中では、森妖精達が『世界樹の収穫祭』に向けて、気合いを入れていた。

ジョギングをする森妖精、枝と枝の間を渡り歩く森妖精、装備を調える森妖精……。

森妖精だけではない。ゴリアス・オッシ率いる戦闘魔術科も、いつも以上にやる気を見せているようだった。

「誰が、参加者に選ばれてもおかしくはない！　現在世界樹は訓練には使えないが、だからといって訓練の勢いを緩めることはないぞ。特に森妖精達は森の中での動きには、一日の長がある。皆、少しでもその動きを盗むのだ」

「はい！」

彼らに見つからないように、そそくさとリオン達は先を急ぐことにした。霊獣ナチャを迎える巫女役や、霊獣達の世話係を務めたりと、生活魔術科は森妖精達の重要な行事に関わっている。

科長であるカティ・カーが、他の魔術科からの防波堤になってくれているが、特に因縁のある戦闘魔術科に見つかったら、どんなふうに詰め寄られるか、分かったものではないのだ。はねつけることはできるが、面倒なことには変わりない。

「情報回るの、早いなあ」

ケニーの感想に、何故かキーリンが得意げだった。

「『世界樹の収穫祭』が近づいているのに、森妖精（エルフ）以外がルールを知らないのではフェアではない、というのがナチャ様のお言葉なのです」

「まあ、望みが叶うなんて情報、あるかないかじゃそりゃモチベーションも変わってくるよな」

一方、リオンは不安そうな顔をしていた。

「うーん……でも、あんまり無茶して、怪我とかしなきゃいいんだけど」

「戦闘魔術科は、それ結構あるわね」

戦闘魔術科は普段から好戦的で、負傷率も他の魔術科より高いのだ。

「オッシ先生の実戦訓練は、かなりハードらしいからな」

もちろん安全には気をつけているらしいが、それでも戦闘の訓練なのだ。

生活魔術科も支援はしているが、戦闘魔術科が消毒薬や包帯を一番使っている。

そんな彼らが、今の気合いの入った森妖精（エルフ）達とぶつかれば、どうなるか。

「森妖精（エルフ）にとっても、『世界樹の収穫祭』の参加者に選ばれるのは大変な誉れとされているのです。皆さん、気合いが入っているのですよ」

キーリンが言う。

『世界樹の収穫祭』

は、いってみれば世界樹の果実争奪戦だ。

メインはどれだけ多く、果実を回収できるかだが、その際、ぶつかり合うことは禁止されていない。死者が出るのは御法度だが、妨害は普通にありなのだ。

また、怪我人続出になりそうなイベントだな、とケニーは密かにため息をついた。

「森妖精にも、叶えたい願いとか、あるの？」

リオンが、キーリンに尋ねた。

「うーん、個人的にそういう人もそれなりにいるのですけれど、全体的な雰囲気としては、その中でも優勝者となること自体が大切なのですよ。それってつまり、世界樹にとっての一番ってことなのです」

「森妖精の多くはここに住んでるし、確かにそれは名誉よね」

「なのですよ。あと、森妖精の中でも一定の年齢に達している人には、徴が浮かび上がるそうなのです」

というと……と、ケニーは頭に浮かんだそれを口にしてみた。

「成人の儀式的なモノか？」

「ですです。だから、この時期にその年齢の人は、すごく運がいいらしいのですよ」

「そりゃ、確実に参加できて、しかも一番果実を収穫できれば、願いが叶うんだ。実力も必要だろうが、メチャクチャラッキーだろうな」

そんな話をしながら、ケニー達は森妖精の郷の外れに向かったのだった。

畑の向こうの空き地では、ゴールドオックスが駆け回っていた。

「ブル！」

主の帰還に気づいたゴールドオックスは、目を輝かせてソーコに突進してきた。

「キンベコストップ！　その大きさで突進してきたら、危ないでしょ！」

「ブルルゥ……」

ゴールドオックス――キンベコは、ソーコの目の前で急ブレーキを掛けた。

喉を鳴らしながら、ソーコに頭をこすりつけてくる。

その背中から、オオネズミの霊獣の仔リトノレと、剣牙虎の霊獣の仔ルトが顔を覗かせた。

「きぃ！」「にゃー」

キンベコの背中から頭を伝って、二匹ともソーコの胸元にジャンプした。

「ブウーッ！」

「はい、みんなの子守ありがとう。いい子にしてた？」

キンベコもソーコにもっと構ってもらおうと、ソーコに身体を押しつけた。

「……なあ、ここって、動物園か何かを目指すのか？」

それを横から見て、ケニーが呆れた顔をしていた。

「確かに、何だか増えちゃったねぇ」

「ぴぃぁ！」「ちゅん！」

リオンの周りにも、火龍の仔フラムと霊長ティールの兄コロンが飛び回っていた。

「しかも割と過剰戦力っぽいぞ、ここの面子」

ケニーの意見には、ソーコも賛成だった。

そんな中、ゴールドオックスのキンベコが何かを訴えたそうに鳴き始めた。

「ブゥッ！　ブルゥ！」

「リオン、通訳して」

「当たり前のように要求されてる⁉　……えっと、自分ももっと強くなりたい……とか、そんなニュアンスだよ？」

通訳できてるじゃない、とソーコは思ったが、そこを突っ込むのはやめておいた。

「ブゥ……」

自信なさげに後ろ脚で地面を蹴るキンベコを、ソーコは見上げた。

「もしかして、周りが火龍のボルカノさんとか霊獣様の仔で、すごいからなんて思ってるんじゃないでしょうね」

「ブフゥ……」

どうやら図星のようだ。

ゴールドオックスはモンスターの中ではかなり強いが、それでも火龍や霊獣は格が違う。

そうしたところに、キンベコは劣等感を抱いているようだった。

「でも、私や荷物運べんの、今のところアンタだけだし？　一回手下にした以上、そんな理由で見放したりしないわよ。安心しなさい」

ちょっと年齢は分からないが、それでもリトノレやルトと比べれば、キンベコが年長であるのは間違いないのだ。

しかも使い魔としては先輩である。

「ブウゥ……！」

キンベコにもそれは伝わったのか、自信が甦ったようだった。

「にゃあー……」

「……おい、一応いい場面なんだから、張り合おうとするな」

僕も大きくなったら荷物運べるよーとでも言いたげに、ルトが鳴いたが、さすがにケニーが窘めた。

◇◇◇

翌日の早朝。

生活魔術科の女子生徒達が間借りしている元空き家のベッドで、ソーコは呆然と呟いた。

「……嘘でしょ」

その左手の甲には、大きな葉の模様が薄らと浮かび上がっていた。

どう見ても、『世界樹の収穫祭』の参加者の徴だった。

畑向こうの空き地。

朝食前の準備運動中、ソーコは科長であるカティ・カーやケニー達に徴のことを相談した。

「おめでとうございます、イナバさん」

カーは素直にソーコを祝福した。違う、そうじゃない。

「コレはめでたい。確か炊くのは、セキハンだっけか？」

「……ケニー君。えーとでも、生活魔術科だと、ソーコちゃんだけみたいだよ」

赤飯はいらない、と思うソーコだった。

そして、何気にリオンの情報収集が早い。

深く深く、ソーコはため息をついた。

ゴールドオックスのキンベコや、オオネズミの霊獣の仔リトノレはどうしたの？　とソーコに身体をこすりつけていた。ちなみに剣牙虎の霊獣の仔ルトは蝶々を追いかけている。

「この面倒くささを分かち合える人がいないのが、正直一番悲しいわ」

ケニーが声を潜めた。

「分かってるわよ」

「気持ちはちょっと分かるけど、ここ以外では言うなよ。特にキーリンの話だと、森妖精(エルフ)達の間じゃ参加者に選ばれるのは、とても名誉なことらしいからな」

噂をすればなんとやら、キーリンがこちらに向かって手を振って、駆け寄ってきた。

「おはようございます！　聞きましたのです！　ソーコさん、おめでとうなのです！　『世界樹の収穫祭』本番は、明後日なのですよ！」

おそらく、リオンから聞いたのだろう、ソーコに向かってお祝いの言葉を述べた。

「ええ、ありがとう、キーリン……って、その手」

「えへへ、ボクも選ばれたのです。お仲間で、ライバルなのですよ！」

キーリンは、嬉しそうに葉の模様が浮かび上がった左手を、ソーコに見せた。

「一応聞くけど、参加拒否とかってできるの？」

「え」

天真爛漫な笑顔を浮かべていたキーリンの動きが、固まった。

「何？」

「ソ、ソソソ、ソーコさん……？　そ、そんな……本気ですか⁉」

キーリンの顔が青ざめ、ちょっと尋常ではないほど全身が震え始めた。

「本気っていうか……できるかどうかを聞きたかったんだけど」

「ちょ、ちょちょ、ちょっと待ってくださいね！」

ビッとキーリンはソーコを手で制し、駆け出した。

「シルさんシルさーん！　ソーコさんが大変でーーーーっす‼」

そして、遠くで女子生徒にプロポーズしているシルワリェスに説明したかと思うと、二人でソーコに詰め寄った。

「イナバさん、早まった真似をしちゃあダメです！　思い直してください！　あと結婚してくれませんか⁉」

「最後のはお断りよ！」

ソーコは、あくまで「もし拒否したらどうなるかを聞いてみただけ」を説明すると、ようやくシルワリェスとキーリンは落ち着いた。

「……いや、焦りました。ソーコさんが、あまりなことをおっしゃるモノですから、つい」

シルワリェスはかいてもいない額の汗を拭った。

「『つい』レベルでプロポーズするの、やめてほしいんですけど」

ソーコのツッコミに、リオンが肩を叩いた。

「ソーコちゃん、そこ突く(つつ)と話が進まなくなるから。それよりシルさん、そんなに参加者に選ばれるのって大事なんですか？」

「そりゃあ、そうですよ。この世界樹の麓にいる森妖精(エルフ)、全員が望んでも得られない資格なんですよ？　それを、参加資格を得ながら拒否するなんて、宝をドブに捨てるようなモノじゃないですか。絶対あり得ませんよ」

「だとさ、ソーコ」

つまり、システム的には可能かもしれないが、実際に拒否したら村八分にされかねないということだ。

「了解。森妖精(エルフ)達から、冷たい目で見られるのもキツそうだし、参加はするわよ……でも、やるからには、頂点とるわよ」

「もちろんなのです！　お互い、全力を尽くしましょうなのです！」

「ほどほどにしてもらえると、助かるわ……キーリン」

「あ、実は、僕も参加者です」

軽い調子で、シルワリェスが手を挙げた。

「何ですって？」

驚くソーコに、肩に乗ったリトノレが両前足で自分の存在をアピールしていた。

「きゅー！」

「何よ、どうしたの、リトノレ」

「きゅ！」

コテンとリトノレが、ひっくり返った。

その柔らかそうなお腹には、小さく葉の模様が印されていた。

「アンタも参加⁉　ちょっと世界樹どういう選別なのこれ⁉」

思わず素で、世界樹に向かって叫ぶソーコだった。

あっという間に二日が経過し『世界樹の収穫祭』本番の日、世界樹の根元周辺には多くの参加者、そして野次馬が集まっていた。

アップ運動を行う者、装備の最終チェックをする者、胡座をかいた状態でひたすら時を待つ者。

そんな人々の中から、緋色のローブの男がソーコに近づいてきた。

「ほう、生活魔術科からは君が参加者か。ソーコ・イナバ」

「きうぅ……？」

見慣れない人物に、ソーコの肩の上にいたリトノレが、背の毛を逆立てた。それをソーコは窘めた。

「魔術学院の先生よ。警戒する気持ちは分かるけど、威嚇しないの」

「一言多いな、君は」

オッシは不機嫌そうに、眉をひそめた。

「戦闘魔術科は、他に参加者はいないの……ですか？」

怪しげな敬語で、ソーコはオッシに尋ねた。

「残念なことにな。他の魔術科も、似たり寄ったりが多くて、せいぜい一人といったところだ。ちなみに私は、相手が誰であろうと加減をするつもりはない。同じ魔術学院の生徒でもな。胸を借りるつもりで、全力でかかってきたまえ」

大仰に、オッシは両腕を開いてみせた。今なら、腹にワンパンチ入れられそうだわ、とソーコは思ったが、実行はしなかった。

「私も、最初から加減をするつもりなんて、一切ないわ。どうせやるなら、一番を取りたいもの」

「そうか。ところでこの『世界樹の収穫祭』とは別に、我々の間で個人的な賭けを提案したい」

「あ、そういうのは遠慮しとくわ」

こういう時、ソーコは己の直感に即座に従うことにしていた。

「ちょ、話ぐらい聞こうとは思わないのかね」

「賢い人間は、危ないモノには近づかない。サフィーンに伝わる言葉よ」

ソーコは、遥か東方にある大国のことわざを持ち出した。

「ならば同じサフィーンの言葉を返そう。剣牙虎の仔を手に入れようとするならば、剣牙虎の縄張りに入らなければならないぞ」

「にゃう？」

呼んだ？　と、ソーコの懐で眠っていたルトが、草色のローブから頭を出した。

「な、剣牙虎⁉」

「あ、こら、アンタ秘密兵器なんだから、出ちゃダメでしょ。……まあ、しょうがないわね。剣牙虎なんて先生が言っちゃったら、反応しちゃうか」

ルトの頭をソーコは懐に戻そうとしたが、ルトは全力でそれに抵抗した。ちなみにルトは、サフィーンにあるモースという霊山の出身である。

「そ、そそそ、それは、もしや話に聞く、剣牙虎の霊獣様の仔……君達が霊獣様と知己になったという噂は本当だったのか？　いや、それよりも、霊獣様の仔をこの『世界樹の収穫祭』に持ち込むのは、フェアではないのではないかね⁉」

興奮するオッシから、ソーコは若干距離をとった。

「そうね、助っ人を雇うのはルール違反だわ。でも使い魔なら別のはずでしょ」

「使い魔……！」

その手があったか、とオッシは目を見開いた。

「従魔術科の泊まってる集落に足を運んで、正式に契約を結んだから問題ないはずよ」

「何と……」

オッシには言っていないが、ソーコとしては自分一人で参戦するつもりだったのだ。が、ルトが自分も参加したいと駄々をこねたので、ケニーの助言もあってこういう措置を執ったのだった。

「そういう訳だから、これで失礼するわね」

「ま、待ちたまえ！　賭けの話はまったく進んでいない」

オッシに気づかれ、ソーコはこっそり舌打ちした。流せたかと思ったが、失敗したようだ。

「……いいえ、そもそも私はそんな危なそうな話に乗るつもりはないって、断ったわ」

「最後まで話を聞くのだ、ソーコ・イナバ。賭けの内容はシンプルで、互いの収穫した世界樹の果実の数で勝負する。もしも私が勝てば、君には戦闘魔術科に移籍してもらいたい。待遇は即一軍。装備品は最上級かつ、その整備は最優先扱い。食堂のメニューも無料で食べ放題。訓練施設に制限なし。戦闘魔術科の魔導書のすべてが閲覧可能。どうかね」

一言でも途切れさせたらソーコが逃げると判断したのか、オッシは一息で説明した。

条件としては悪くない、とソーコは思った。ただ、その条件での賭けを受けるかどうかは別である。

「厚遇なのは分かるけど、あまり興味をそそられないわね。ケニーなら食堂で釣れてたかもしれないけど。強いていえば魔導書ぐらい？　それに、戦闘魔術科の生徒達が納得するかしら」

「実はそこは楽観視していてね。君は、相手が軽く見るなら、徹底的に実力差を見せつけるタイプだ。その力を見せれば、我が戦闘魔術科の生徒も、黙るだろう」

「どういう評価よ。それに、その賭けには致命的に欠けている部分があるわ。私が勝った場合はどうするのよ」

「そこだがね、君に決めてもらおうかと思っている」

「じゃあ、私が勝ったら先生には魔術学院を去ってもらおうかしら」

「血も涙もないな、君は⁉」

恐ろしいモノを見るように、オッシは後ずさった。そのまま姿が見えなくなるまで後ずさってくれないかなと思ったが、残念ながらそれ以上のリアクションはなかった。

「半分冗談だけど、そういうのが困るのよ。今言った条件だと、私が悪者になっちゃうもの。何でもいいふうに言っておいて、実は割と制限あるっていう厄介なパターンだわ」

「それは確かにこちらの短慮だった。謝罪しよう。……いや待て、半分本気だったのかね⁉」

ソーコは、オッシのツッコミを無視した。

「大体、オッシ先生の出した条件と釣り合う内容をすぐ考えろって方が難しいでしょ。だから、こっちが先生の方の条件も決めさせてもらうわ。先生が勝ったら私は戦闘魔術科に一時的に移籍する。双月祭の時のそちらの生徒がこちらに来たのと、逆のパターンね。それで、そちらの環境が気に入ったら、正式な移籍を行う。どう？　あ、当然だけどカー先生との交渉は、オッシ先生にやってもらうわよ」

負ければ即移籍、というのはあまりに危険すぎる。

なので、それを緩和するアイデアを、ソーコは提示した。負けるつもりはなくても、保険は用意しておくべきだ……と、ケニーなら言うだろうと思っての、案だった。

「イナバ君も同意したという証言をしてくれるのならば、問題はない。それで、君が勝った場合は？」

「オッシ先生には、一回だけ生活魔術科の要請を聞いてもらいましょうか」

「何だと？」

オッシは、目を見開いた。

「それがいつ、何になるかは、私にも分からないわ。でも、生活魔術科が困った時には、何があっても駆けつけてもらう。これでどう?」

「……つまり、『一つ貸し』ということかね。まあ、今の条件なら私の辞職、などということもなさそうだ。……そういう認識でよいのだろうな?」

「いいと思うわ。でも、こういう賭けはあとで言った言わないのトラブルになるから、ひとまず仮の書面を交わしましょ。正式な文書はケニーの方が得意だから、あとはそちらで書き直すってことで」

ソーコは亜空間から、契約書のテンプレートが印された用紙とペンを取り出した。

条件を書き加え、オッシにも確認してもらう。

「よかろう」

互いの署名をし、仮契約は締結された。

オッシにも写しを持ってもらい、仮契約書とペンは亜空間に再び収納した。

「ちなみに個人的には、この研修が終わった後の、帰りの荷物持ちをやってほしいのだけれど」

「……地味にキツいな、それは」

本気で嫌そうな顔をするオッシだった。

これで、厄介な問題は終わったわね、と安心したところで、肩に乗っていたリトノレが騒ぎ始めた。

「きゅー」

「今度はリトノレ?　何よ」

「きゅ、きあー」

身振り手振りで伝えようとしてきていたが、ちょっとソーコにはよく分からない。

従魔術科で、従魔契約はリトノレにも行っており、絆が深まれば互いの意思も伝わるようになるそうだが、つまりまだその域には達していないということだろう。

「……うーん、ちゃんと言葉が分かれば伝わるんだけどね。もしくはリオンを頼るとか」

「自分が君に勝ったら、嫁にもらうと言っているぞ」

横からそんな声が掛けられた。

ソーコが見ると、子どもぐらいの大きさのオオネズミが二本足で立っていた。

「あら、チュウさん」

オオネズミの霊獣チュウ。リトノレの父親である。

「うむ」

以前ほどではないが、少し偉そうだ。いや、そんなことはどうでもいい。ソーコは、肩の上のリトノレを指さした。

「……嫁？　私を？」

「子どもの可愛い戯言だが、本人は本気のようだ。一つ応えてやってはくれないかね」

「それは構わないけど、もし本当に私が負けたらどうするのよ」

「我が一族の一員となるな」

チュウが、冗談を言っている様子はない。リトノレも、そうだろう。

「……言っとくけど私、子ども相手でも容赦しないわよ。相手が本気なら尚更」

「構わんよ。だが、小さくとも霊獣の仔。甘く見ると、痛い目に遭うぞ？」

「さっきも言ったけど、相手が本気ならこちらも本気で相手をするわ」

ソーコが言い返すと、チュウは小さく笑った。

「……リトノレも、おっかない娘を見初めたモノだ。では、地上からお前達の戦いを見させてもらうとしよう」

言って、チュウは去っていった。

「イ、イナバ君……い、今のはまさか……」

そういえば、オッシ先生ほったらかしだったわね、とソーコは思い出した。

「オオネズミの霊獣チュウ様よ。で、この子はチュウ様の仔、リトノレ」

「きう！」

リトノレを、ただのネズミとでも思っていたのか、オッシは再び驚いていた。

「剣牙虎にオオネズミの霊獣様……!? 君の人脈は一体、どうなっているのかね……？」

「似たようなことを、つい最近別人に言われた気がするわね……何？」

何か言いたげに躊躇う様子を見せ始めたオッシに、ソーコは発言を促した。こういうスッキリしない態度は、嫌いなのだ。

少し悩み、オッシは話を切り出した。

「す、す、すると……もしや、火龍ボルカノ様とも、知己になっていたりとかするのかね？」

「え、するわよ。リオンが、ボルカノさんの子ども、いつも連れてるじゃない」

オッシはポカンと口を開いた。フラムの名前はともかく、存在自体は憶えていたのだろう。

「わ、私は聞いていないぞ」

「聞いてきたこと、なかったでしょう？」

「そ、そうかもしれないが、いや、しかし……」

オッシが言いよどんでいる間に、鐘の音が響いた。

『世界樹の収穫祭』の準備が整ったことを伝える、鐘の音だ。

「あ、そろそろ始まるみたい。話はここまでね。じゃあ、お互い全力を尽くしましょう」

オッシがまだ話足りないふうに背中に声を掛けてきたが、ソーコは聞こえないふりをした。

しばらく歩くと、木の陰に気配を感じた。

ケニーとリオン、それにフラムだった。

「どうも、森妖精（エルフ）の郷に来てから、モテ期が来てるみたいだな」

「うるさいわよ。立ち聞きしてたんなら正式な契約書を用意しといて」

「了解」

ソーコが亜空間から取り出した仮契約書を、ケニーは受け取った。

「ソーコちゃん、リトノレちゃん、頑張ってね！」

「ぴぅ！」

リオン達の声援を受け、ソーコとリトノレは世界樹の根元に向かった。

世界樹の根元を取り囲むように、参加者は集まっていた。

かなり参加者は多いが、それでも世界樹は余裕で彼らを受け入れる。

ソーコの肩から、リトノレが降りる。

世界樹を見上げると、いくつもの大きな水晶が浮かんでいた。木の上で行われる『世界樹の収穫祭』を映し出す、水晶通信だ。

そして、水晶から声が響いた。

『さあ、これより『世界樹の収穫祭』が始まります。根本付近には多種多様な参加者が集まり、賑やかなことになっていますね。なお、実況はわたしカレット・ハンド。解説には霊獣ナチャ様に来ていただいております。本日はよろしくお願いします』

『はい～……よろしくねぇ』

……いつの間に仕事取ってきたのよ、カレット。

少し呆れながら、ソーコはアナウンスを聞いていた。

『それにしてもナチャ様ありがとうございます。眷属の蜘蛛の仔達がいなければ、中継もままなりませんでしたから』

『いいえ～……どうせなら、見物している人達にも楽しんでもらいたいからぁ、いいのよぉ。解説なんて初めてだから、緊張するわぁ……』

『普通、この立ち位置だとわたしの方が緊張するべきなんですけど、そこはそこお仕事ですからね。ナチャ様、スタートの合図なんかはあるんですか？』

『そうですねぇ……今、世界樹は虹色に輝いていますけど、もうじき……』

ふ……と周辺の気配が変わった。

虹色に輝いていた世界樹の色が、変化を始めたのだ。

『あ、世界樹が黄金に輝き始めて……』

黄金色の輝きが限界に達すると、光の粒子が勢いよく放たれた。

『始まりました！　『世界樹の収穫祭』スタートです！』

直後、ソーコは真上の枝に瞬間転移した。

景色が切り替わり、ソーコは太い木の枝の上に移動していた。もちろん、まだ無人だ。足下からは人々の歓声が聞こえる。

「さて、せっかくのリードだし、なるべく多く回収しちゃいましょ」

太い枝から細い枝へと分かれ、そこに葉と共に赤い世界樹の果実がいくつも生(な)っている。

一個の大きさは、大の大人の手にスッポリ収まるほど。

手を伸ばし、もぎ取り、籠に回収する。本来ならばその三工程が必要になるが、ソーコの場合は違う。

「――『空間遮断(ギロチン)』」

枝になったいくつもの世界樹の果実のヘタが、一瞬にして切断され、そのまま真下に展開された亜空間に収納される。

ひとまとまりが終わると、次の枝へとソーコは走る。

世界樹の加護だかで、ソーコの力は大きく高まっているが、それでも消耗はするのだ。まだ勝負は長い。温存しておくに越したことはなかった。

そして次の枝に生った世界樹の果実も『空間遮断（ギロチン）』と亜空間で収穫していく。

『トップで木に登ったのは、ノースフィア魔術学院生活魔術科のソーコ・イナバ選手！　いつの間にか枝まで登り、どんどん果実を回収しております』

『時空魔術を使うから、もぎ取る作業がなくて早いのねぇ……このままいけば、間違いなく一番なんだけどぉ……』

数秒すると、空を飛べる魔術師が出現し、またいくつものロープが上の枝に引っ掛けられたかと思うと、森妖精（エルフ）達が登ってきた。

彼らの視線は、ソーコに集中していた。

本当の意味での『世界樹の収穫祭』は、ここからだろう。

『この『世界樹の収穫祭』は、妨害もあり。目立つ選手は狙われてしまいます。他に有力な選手は――』

水流、竜巻、無数の蔦（つた）が緋色のローブを羽織った魔術師に襲いかかる。

「甘い」

魔術師――戦闘魔術科科長ゴリアス・オッシは、そのすべてを纏った雷で弾き飛ばした。

「その程度の腕前で、私に勝てるとは思わないことだ」

自分を襲った森妖精（エルフ）達の籠を奪うと、果実の入ったそれらを持って枝から飛び降りる。オッシは

『飛翔(フライン)』の魔術を使えるので、転落の心配はない。

地上に待機している森妖精(エルフ)のスタッフに空中から籠を投げ渡し、再び枝へと戻っていった。

「やはり、ソーコ・イナバの時空魔術はこういう時、おそろしく効率的だな……」

ごく稀に、時空魔術によって収納力が拡張された道具袋を持っている者もいるが、ほとんどの人間はそうではない。

こうして、地上やそれに近い位置まで降りて、判定役の森妖精(エルフ)に渡す者がほとんどだ。

もちろん果実を保持していても構わないが、動きづらくなり、しかも他の参加者に狙われてしまう。デメリットの方が多いのだ。

故にこそ、ほぼ手ぶらに近い状態で回収を続けるソーコは、他の参加者にとって脅威なのだ。

「ひゃあ、おっかないのです。勝てない人に挑むとか、血気盛んな人が多いのですよ。でも、ボクも負ける訳にはいかないのですよ」

キーリンは自身の装備を茶色に緑に染め、世界樹を保護色としていた。

なので、気づかれにくい。

木の枝の上とは感じさせないその足取りは、ソーコの数倍速かった。

『キーリン選手はひたすら戦いを避けて、果実を集めているようですね』

『戦術としてはぁ……正しいですねぇ。この『世界樹の収穫祭』ではぁ……とにかく、果実を集めないと意味がありませんからぁ』

植物魔術で果実の生っている細い枝に干渉し、自分の手元までひとまとまりを下ろしていく。

「包め、なのです！」

枝が変化をし、果実を包むバスケットの形に変化した。

「よろしくなのです」

キーリンはそれを、下に降ろした。

世界樹の枝と繋がったまま、細い枝が長く長く伸び、果実のバスケット詰めは無事地上に着地した。

そして、次の枝へと移動する。

『しかも……回収した果実は、すぐに下ろしちゃうんですよねぇ……奪えないんですよぉ』


「きぅ、きぃぃ……」

何人もの森妖精（エルフ）に追われ、オオネズミの霊獣の仔リトノレは、涙目になって木の陰に隠れた。

背負っているバッグは、ソーコが作った道具袋（マジックバッグ）だ。見かけよりも遥かに収納力がある。

どこにいった？　と森妖精（エルフ）達はリトノレを探しているようだ。

『おっと、隠れているのはオオネズミの霊獣チュウ様の息子リトノレちゃんです。攻撃はされていないようですが、大人達が追いかけてくるのは普通に怖いですね』

『森妖精（エルフ）達はー……どちらかといえばリトノレちゃんを保護的な意味合いで、追っているみたいなんですねぇ……おや？』

リトノレの首根っこを、誰かがつかんだかと思うと、その場から消失した。

森妖精（エルフ）達から離れた場所に、リトノレを確保したソーコは転移した。

「きぃー……！」

手のひらに乗ったリトノレが、嬉しそうに鳴いた。

「アンタね、人を嫁にするって啖呵（たんか）きっといて、隠れてちゃ駄目でしょ。怖いのはまあ、何となく分かるけど」

「きうぅ……」

だって、と言いたげにリトノレは身を縮めた。

みんな怖いし、追いかけてくるし、もうやめたい。

それより、自分で戦うより、ソーコを手伝った方が安心できる。

言葉はまだ分からないが、何となく態度でリトノレの気持ちはソーコに伝わっていた。

「リタイヤして、私の味方になるっていうのはありといえばあり。だけど、それなら私と戦いなさい」

「きあ？」

「……アンタのお父さんも、これ見てんのよ。少しは、男を見せなさいっつってんのよ」

ソーコは、地上の一点を指さした。

そこでは、リトノレの父親であるチュウが、ハラハラした顔でこちらを見上げていた。

「きぁ……！」

リトノレもそれを見下ろし、やがて顔つきが変わった。

「きっ！」

ソーコの手の上から飛び出し、距離を取って振り返った。

「よし、やる気になったわね。かかってきなさい！」

「きぁう！」

リトノレが一鳴きすると、周囲のあちこちからリスやモモンガといった小動物が出現した。

そして、リトノレ自身の身体が分かれ、ソーコを包囲するように散らばった。その数、六十四。

『っ⁉　こ、これは分身の術ぅ⁉　リトノレちゃん、意外な隠し技を持っていたぁ！』

『……というか、オオネズミの霊獣様の特技ねぇ。チュウはもっといっぱい、分身を作れるのよぉ
……でも、リトノレちゃんの歳であの数はぁ……実際、すごいわねぇ』

水晶通信から、興奮した声が伝わってきていた。

「きゃう！」

リトノレが吠え、呼び出した小動物も含め、ソーコめがけて全員が一斉に飛びかかった。

「上等。……私以外なら勝ててたかもね？」

「きぁ⁉」

ソーコは瞬間転移で頭上の木の枝に移動し、さらに自分の分身を六十四呼び出した。

分かれたソーコが木の枝から飛び降り、一対一で全部のリトノレを捕まえた。残りの小動物達は
状況が分からず、空中でぶつかり合ったりしていた。

『こ、これは、ソーコちゃんも同じ数だけ分身を⁉』

『こっちは時空魔術ねぇ。同一存在の複製（コピー）ってところかしらぁ……』

六十四いるソーコの手の中で煙が上がり、リトノレ達の姿が一体を残して消えた。

　ソーコも手のひらにリトノレを残した一人以外消失し、上の木の枝に残っていたソーコも、下の枝に降りた。

「ありがと、私。助かったわ」

「どういたしまして、私」

　木の枝から降りたソーコは、もう一人の自分からリトノレを受け取った。そして、手渡した方のソーコもまた、消失した。

「私の勝ち。このバッグの分は私がいただくわ。で、リトノレ。アンタはここから、私と組んで戦いなさい」

　ソーコは背中からバッグを取ると、リトノレを肩に乗せた。

「ききぃ！」

『ここから、リトノレ選手はソーコ・イナバ選手の指揮下に入るようです！　ナチャ様、これはルールとしてよいのでしょうか⁉』

『互いに合意があるのなら、共闘は問題ないですねぇ……まあ、あの二人は最初から、上下関係が築かれているみたいですけどねぇ……』

『ルールには抵触しないようです！　おっと、その背後から迫っているのは――』

　スッとソーコの背後、蜘蛛の糸を編んだロープで静かに降りてきたのは、シルワリェスだった。

　麻痺（まひ）効果のある弓矢で、ソーコを狙っていた。

「僕が勝ったら、世界樹様からお嫁さんをいただくんです……！」

「勝てればね」

完全な死角になっていたが、ソーコはシルワリェスに気づいていた。何故なら……。

「にゃあ！」

背後を、剣牙虎の霊獣の仔ルトが見張っていたからである。

そして、口から緑色の光線を放ち、シルワリェスに命中させた。剣牙虎の霊獣が扱う攻撃の一つ、精霊砲であった。

「ぶあっ！」

威力は低いが、シルワリェスを世界樹から弾き飛ばすには充分だった。

ロープも千切れ、そのままシルワリェスは地上に落下した。

森妖精(エルフ)の用意していたクッションのお陰で、目を回しただけで済んだが、こうした形で落下した参加者はリタイヤ扱いである。


ソーコは『空間遮断(ギロチン)』と亜空間の組み合わせに、リトノレの分身も加わって、さらに世界樹の果実の回収を捗(はかど)らせていた。

何度か休憩し、回収を続けていく。

参加者も果実の数も次第に減ってきた辺りで、ソーコの前に緋色のローブを羽織った魔術師――ゴリアス・オッシが姿を現した。

「残りの数も限られてきたようだ。そろそろ、私達も決着をつけようかね？」

「……こちらの手札を確認しておいて、よく言うわね」

世界樹の果実の回収を手伝うリトノレに、後ろを見張るルト。

戦力の分析は済んだ、というところだろう。

「私の見る限り、君はトップクラスの脅威だからな。警戒するのは当然だろう。――では、ゆくぞ！」

正面のオッシが消えその直後、紫電を纏った網が後ろから襲いかかってきた。

「ルト」

「にう！」

剣牙虎の霊獣の仔ルトが、精霊砲で網を散らした。実体のない、雷撃魔術だったようだ。

「それは、さっき見たぞ！」

正面にいたオッシは幻影で、本体はソーコの背後にいた。しかし、彼はもうソーコの包囲網の中にいた。正確には、ソーコの使役するリトノレの包囲網だ。

「リトノレ！」

「きうぅ！」

周りに散らばっていたリトノレの六十四の分身が、オッシに躍りかかる。

「それも見た！　『纏雷（テンライ）』‼」

オッシの身体を雷が包み込み、リトノレはまとめて弾き飛ばされた。

「きゃう⁉」

「それで終わりか？　ソーコ・イナバ、君自身の実力を見せてみたまえ！」

反撃とばかりに、オッシが『飛翔（フライン）』でソーコと距離を詰めてきた。

「そうね――キンベコ‼」

「ブモオォォ‼」

ソーコの懐に潜んでいた、もう一体の使い魔、ゴールドオックスのキンベコが本来の巨体に戻り、オッシに突撃した。

「な――『雷閃』‼」

キンベコの突進力は、雷撃魔術の光線によってギリギリ阻まれた。倒すには至っていないが、その間にオッシをソーコの側面に移動させることができた。

仕切り直しか。

「きぃぃ！」

背中から聞こえるネズミの鳴き声に、オッシの顔は青ざめた。

「しまっ……」

ぶちん、と背負っていた籠紐が、リトノレの歯によって噛みちぎられたのだ。

もちろん、もう一本籠紐は残っているが、バランスを崩した時点で勝負はついた。この『世界樹の収穫祭』は、戦闘が目的ではなく、いかに多くの世界樹の果実を回収できるかが、勝負なのだから。今の時点で、ソーコの世界樹の果実回収数が、オッシより劣っているとも思えない。ここから、籠を交換しに地上に降り、もう一度登ってもその間にソーコは大きくリードを広げているだろう。

「……私の、負けか」

「そうね。相手が倒れるまでってルールなら、分からなかったけど。この戦いでは、オッシ先生にもう勝ちの目はないわ。徴、なくなってるんじゃない？」

オッシは自分の手の甲を確かめた。

なるほど、先ほどまではあった参加資格の徴(しるし)が消えていた。おそらく、オッシが一瞬、諦めてしまったからだろう。

「ぬ、う……仕方あるまい。残りはあとわずかのようだ。君の健闘を祈ろう」

残る参加者はわずか。ソーコはオッシに見送られ、世界樹の果実回収を再開したのだった。


そうして、残るはかなり高所にある世界樹の果実を回収するだけとなった。

そこには巨大な巣があり、霊長ティールがデン、と居座っている。

彼女が見守るそこが、『世界樹の収穫祭』ラストステージだった。

気がつけば、ソーコ以外にはもう一人だけになっていた。

「むう、来てしまったのですね」

キーリンだ。

しかし、髪の質は毛というよりも葉に近く、肌の色も褐色というより茶色の……木の色になっていた。

これではもはや、森妖精(エルフ)というより、木人(もくじん)と呼ぶべきだろう。

そして、ソーコにはむしろ森妖精(エルフ)の時よりも、今の方がよりキーリンらしい気がした。

「キーリン、何だかずいぶんと様変わりしたわね」

「……驚かないのですか？」

「驚いてはいるわよ。だけど、バケモノになった訳でもなし、恐れるようなモノでもないでしょ。それとも、戦って勝負をつける？」

相手を打ち倒して、世界樹の果実を回収する。

そういうやり方もあるし、ソーコもその目的で襲ってきた者達を、倒してここまで来た。

だが、キーリンは首を振った。

「ごめんなのです。戦ったって、ボクには勝ち目はないのです」

「じゃあ、あとは純粋に回収速度の勝負になるわね」

「上等なのです！」

そして、キーリンはそのまま、ソーコの姿が消えた。

片方の木の枝に生っている世界樹の果実は、ひとまとまりがバスケット状になった枝に包まれ、そのまま地上へと降りていく。

もう片方の枝に生っている世界樹の果実は、『空間遮断（ギロチン）』によって切り取られ次の瞬間には、亜空間に消えていた。ここに至ってソーコも自分の能力を出し惜しみしたりせず、瞬間転移を繰り返して、枝と枝の間を飛び回った。

『それにしても、イナバ選手の時空魔術がすごいですね。あんなにポンポン跳べるなんて、同じ生活魔術科のわたしも知らなかったんですけど』

『ああ……イナバ選手、ワタクシを喚（よ）ぶ儀式で巫女を務めましたしぃ……世界樹様の力の一部を分けてもらっている状態なんですねぇ。だからぁ、普段以上の力を発揮できても、おかしくないのですよぉ……』

『何と、そのような理由があったんですね!?』

水晶通信の声を聞き、ソーコはホッとした。

事実ではあるが、普段もこんなに瞬間転移ができるなどと思われては、他の魔術科に目をつけられてしまう。

世界樹から、どんどんと果実が回収されていく。

ナチャのフォローに、ソーコは声には出さないまま、感謝した。

『キーリン選手もすごい！　枝と蔓を操り、どんどん果実を収穫していっています！　ナチャ様、彼女は森妖精ではなかったのですか？』

『本人が明かしちゃってるから説明するけど、キーちゃんはねぇ……百年前、世界樹から分けられた霊樹なのよぉ』

ナチャは、説明した。世界樹は花と果実を実らせた後、種を散らせる。

その多くはそのまま、様々な種類の木となるが、いくつかは世界樹の力を継いだ霊樹となるのだ。

世界樹からほど近い『迷いの森』に、種の一つが落ちて霊樹となった。

これがキーリンだ。自我を持ったのはつい十数年前。

若木となった霊樹は、たまに『迷いの森』を訪れる森妖精に興味を持ち、その姿を装って、世界樹の麓にある森妖精の郷を訪れた。

その姿は限りなく実体を伴った、生き霊である。もちろん霊樹といえど、そこまで強い力を持ったモノは稀だ。世界樹のすぐ近くにあり、その力の影響下にあったからこそできた業であった。

そうして、キーリンは霊樹と森妖精の二重生活を送っていたのだった。

『おお……そういう事情なんですね。あの、それ森妖精達って知っていたのですか？』

『いいえぇ？　世界樹の仔だなんて知られたら、崇められちゃうからぁ……こっそり、内緒にしてたのよぉ。キーちゃんの望みはぁ……普通の人のように過ごすことだったからねぇ。でも、この『世界樹の収穫祭』は、本当の本気でやらないと駄目ってぇ、キーちゃんも気づいたのねぇ……』

いくら森妖精の姿を取っていても、キーリンの本性は霊樹である。

大地に根を下ろすその性質上、自身を中心とした一定の範囲より外には移動できなかった。森妖精の郷がぎりぎりの範囲。それより外の世界は、人から聞いても自分で行くことはできなかった。もっと年老いた、人でいえば成人した霊樹なら木人の姿を取って動くことができただろうが、キーリンは土から芽を出してから、たった樹齢十数年に過ぎない若木だったのだ。

故に、キーリンが世界樹に望む願いは、半人半樹の種族である木人となることだった。半人半樹の木人となれば、自分の力で歩いて『迷いの森』から出ることができる。王都のような他の土地、ジェントのような他の国、世界を見て回ることができるようになるのだから。

『あの、一つ分からないことがあるんですけど、ナチャ様をお呼びする儀式の時、それならソーコちゃんよりキーリンちゃんの方が向いていたのでは？』

カレットの疑問に、初めてナチャは少し口ごもった。

『うーん……それはちょっと駄目なのよねぇ。……キーちゃん、歌や楽器はともかく、踊りすごく下手くそなの』

『あ、そーゆー理由ですか……』

そんな中継を交えている間にも、どんどんと世界樹の果実は回収されていった。

「ボクは、負けたくないのです……！」

「そう。アンタの境遇は分かったけど、私も負けず嫌いなのよ」

キーリンの事情を聞いても、ソーコは手を抜かなかった。

「もとより、ボクの事情で手加減なんて、まっぴらごめんなのです！」

『現状、キーリン選手が若干リード！　イナバ選手巻き返せるか！　ジワリジワリと迫っていますが、回収できる果実の数には限りがあります！　このままキーリン選手、逃げ切るか！』

『んー、でも、イナバ選手もぉ……ちゃんと考えているみたいよぉ……？』

ソーコは瞬間転移を繰り返しながら、太い木の枝に落ちている果実も回収していた。熟しすぎて、自身の重みで枝から落ち、潰れてしまった果実だ。下の方で森妖精（エルフ）やオッシ達と戦っていた間も、彼らによって踏みつぶされた果実なども、ソーコは回収していた。

それを、キーリンは不思議に思った。

「何故、落ちてる果実も拾っているのです？」

「そりゃ、勿体ないからよ。ちょっと潰れた程度の果実なんて、『時間遡行（そこう）』で果実の時間を巻き戻せばきれいにできるし」

ソーコが手の上で潰れた果実を『時間遡行』させると、その実はみるみるうちに新鮮な果実の形を取り戻していた。

「っ⁉　ズ、ズルいのです！」

「ズルくないわよ。大体、神殿を修復した時にも、見せたでしょう？」

ソーコに何ができるかは、事前に見せていた。

ならば、その可能性に至れなかった、キーリンのミスである。

「いや、でもそれでもボクの方がわずかに多いのです！」

霊樹であるキーリンは、自分が回収した果実の数も、ソーコが回収した果実の数も把握していた。

ソーコが『時間遡行』させた果実分を含めても、ギリギリだが自分の勝ちのはずなのだ。

……そして、木に生っていた世界樹の果実の回収が終了した。

「はぁ……はぁ……ボクの、勝ちなのです」

「それは……どうかしら？」

キーリンもソーコも消耗し、息が切れていた。けれど、数は動かないはずだ。

「チキィ……」

そんな鳴き声というか、牙を鳴らす音が響き、キーリンがハッと顔を上げた。

そこにいたのは、小さな蜘蛛だった。自分の身体よりも大きな果実を数個、自身の糸で編んだ網に入れ、引きずっていた。

「お疲れ様、リウケノス。後で何か、美味しいモノ食べさせてあげるわ」

「チキ、チキャ……！」

ナチャの使いであるリウケノスが、やった、と前脚を上げた。

「ソーコさん、まさか……その子は……」

「ええ、私の四体目の、使い魔よ」

つまり、リウケノスが回収した果実は、ソーコの回収分にカウントされる。そしてそれは、一個差でソーコが勝利していることを、キーリンは理解していた。

「ズ、ズルい！　ソーコさんズルすぎるのですよ！」

「キーリン、勝負は勝てばいいのよ」

「それ、悪役の台詞なのですよ⁉」

「でも、ナチャ様からリウケノスが私預かりになってるのは、アンタ知ってたでしょ」

「うぐ……」

キーリンが口をつぐむ。確かに、知っていた。ソーコがリトノレ、ルト、キンベコという使い魔を使役するのなら、リウケノスの存在に至っていなかった、キーリンのミスだ。

「うう……ボクの負け、なのです」

『しゅーりょー！　それまでです！　世界樹に登っている選手は、速やかに地上に降りてきてください』

カレットの声と共に、地上からは歓声と拍手が響いたのだった。

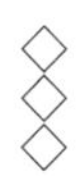

気がつくと、ソーコは草原にいた。

地上に戻ろうと瞬間転移したら、こんな場所だ。リトノレ、ルト、キンベコ、リウケノスもいない。正面には巨大な世界樹があった。

『——、——』

言葉になっていない、意思がソーコの頭に伝わってきた。

何度かそれが繰り返され、やがて意思は言語化された。

『——聞こえますか——？　聞こえてますか——？』

『そんな何度も尋ねなくても聞こえているわよ。――アンタが世界樹？』

『――はい』

ソーコは、世界樹に声を掛けた。おそらくここは、現実にある世界ではないのだろう。世界樹の作った、意識の世界……といったところだろうか。

『果実の回収、ありがとうございます。お疲れ様でした』

『私だけが頑張った訳じゃないわよ。他の人達にも伝えてくれる？』

『――それはもちろん――それとは別に、最も頑張ってくれた貴方――ソーコ・イナバさん――何か、お礼をしたいと思います――』

なるほど、これが優勝者へのご褒美という訳か。ソーコは悩んだ。

『難しいわねぇ……元々は一つだけだったんだけど』

『――伺います』

『お米とかネギ、カボチャみたいな……つまり、私の故郷ジェントにある作物の苗や種が欲しかったのよ』

『――作物ではなく？』

世界樹に尋ねられ、ソーコは肩を竦めた。

『それだと食べて終わりじゃない。継続的に食べたいのよ。魔術学院に持ち帰って田畑を作りたかったの』

『――それが、最初にあった願いですか』

そう、『世界樹の収穫祭』の最中まで考えていた、ソーコの望みがそれだった。

『で、もう一つは、キーリンの木人化ね』

『――――』

何故か、世界樹がポカンと口を開けているイメージが、ソーコの意識に流れ込んできた。

『苗や種は注文すれば、ジェントから取り寄せられるわ。時間はかかるから、我慢が必要だけど。でも、キーリンの願いは、今を逃したら次は百年後……』

そう考えると、ソーコの頭の中にあった、最初の願いと二つ目の願いの天秤は、後者に傾いたのだ。

理由は単純だ。

『私、キーリンに、機会があれば王都を案内するって言ったのよ。そういう約束は、あんまり破りたくないのよね』

『――そういうことなら』

ソーコの視界が、一瞬黄金色に満たされた。そしてまたすぐに、世界樹と相対する草原に戻った。

世界樹が何かをした、というのは何となく分かった。

『何をしたの？』

『ジェントの作物の苗や種を、魔術学院に送りました。――また、郊外の空き地の土に養分を与えましたから――よい田畑ができるはずです』

『大したものだけど、私の話、聞いてた？　それとも直接言わなかったのが、悪かったのかしら』

『――私の果実の収穫祭は、森妖精達にとって、別の特別な意味を持ちます。――普段とは違う、百年に一度の特別な成人の儀式――キーリンは、この成人の儀式に参加しました――私の加護はもう必要なく、自分の意思で動けます——そして、どこに新たに根を下ろすかは、あの子の自由——』

一人前の霊樹ならば、木人（もくじん）となって動くことができる。

キーリンは『世界樹の収穫祭』に参加することによって成人となり、その条件は満たされた。

そう、世界樹は言っているのだ。

『……願いで叶えるまでもなかったってこと？』

うわ、何か私、恥ずかしいこと言ったんじゃない？　そんなふうに、ソーコは顔をしかめた。

『——親である世界樹として、感謝していますよ——ソーコ・イナバ——貴方に祝福を——』

次第に、世界が白に染まっていく。おそらく元の世界に戻る兆候なのだろう。

『——ありがとうございますなのです』

ソーコの意識も白に染まっていき、最後にそんな世界樹の声が、響いたのだった。

地上に戻ったソーコは、生活魔術科のクラスメイト達や森妖精（エルフ）に取り囲まれ、カレットのインタビューを受ける羽目になった。
森妖精（エルフ）達が自主的に用意していた賞品、野菜や果物の山を受け取り、表彰を受け、ようやく落ち着くことができた。
とりあえず、リオンが用意した果実水を飲んで一息ついてから、ケニーが連れてきたというゴリアス・オッシとの話し合いとなった。

正式な契約は取り交わし終え、ソーコが勝ったことで『オッシに一つ言うことを聞いてもらう』という約束を取り付けることができたのだ。

「むぅ、約束だからな。従おう。だが、できるだけ速やかに済ませていただきたい」

負けたオッシは、気難しそうな顔をしていた。

ソーコは、ケニー、リオンを手招きし、小声で囁いた。

「……ケニー、私達のスカウトを諦めさせるっていう手もあるんだけど」

「それに使うには、このカードは勿体なさすぎる気がするんだよなぁ。とっさの考えにしては、よくやったと思う」

「ボルカノさんを紹介するから、諦めてっていうのはどう？」

リオンの提案に、ケニーとソーコは顔を見合わせた。それは思いつかなかった。

「いい案だな」

「そうね」

しかし、すぐに何かに気がついたようにリオンは首を振った。

「……あ、でもやっぱり駄目だ。そういうのって多分、よくないと思う。わたし達とボルカノさんの関係って、言葉にできないけど、そういうのじゃない気がする」

言われてみれば、納得である。良識派のリオンだからこそ、気づいたことなのかもしれない。

「……うん、そうか。指摘されると、勝手に交渉の材料にしてる感じは、あるな」

「この案は没っぽいわね。……それとは別に、オッシ先生がファンだってことは伝えておきましょ」

「だな」

とりあえず、オッシへの『要請』は保留ということにしたが、オッシのことをボルカノに伝えると言うと、歓喜のあまりソーコ達に抱きつこうとしてきたので、慌てて逃げたのだった。

しかし、今度は後ろから誰かにしがみつかれた。

「ソーコさん、ありがとうございますなのですよー！」

キーリンであった。

「ちょっ、抱きつかない！」

「もうすぐ、ここでの研修も終わりなのですよね？　ならそれにボクも同行するのです！」

「いや、いくら成人の儀式済ませたからって、昨日の今日どころか数時間も経ってないのに、本体が動けるようになるの？」

「そこは世界樹様（おかーさん）の手助け的な何かなのです！」

「メチャクチャ曖昧な説明じゃない⁉」

「とにかく、動けるから問題ないのです。一旦、本体の霊樹に帰って、またこの森妖精（エルフ）の郷に戻ってくるのですよ。それまで出発しちゃ駄目なのですよ」

「……そういうのは、先生に交渉して。私が判断することじゃないし」

ソーコは、何とかキーリンを振りほどくことができた。

『世界樹の収穫祭』が終わったのを機に、世界樹の花は散り始めた。

収穫された世界樹の果実は、蜘蛛の霊獣ナチャにまず捧げられ、それから森妖精達に割り振られた。もちろん、生活魔術科にも果実は分け与えられ、いくつかは直接食べることになった。

森妖精の郷での研修、最終日。

朝食のデザートとして、盛り付けられた世界樹の果実が、振る舞われた。

それだけ口にして、ケニーは漬物や果実酒など、アイデアをすごい勢いでノートに書き始めた。

「……美味っ」

「本当だ。美味しいねえ、フラムちゃん」

「ぴぁー♪」

「ちょっと弾力があるわね」

ソーコも口にしてみたが、不思議な食感だった。

世界樹の果実は皮のまま食べられるタイプで、口にすると実には弾力があり、舐めても甘い果汁は感じられるが、嚙るとすごい量の果汁が溢れてくる。

一つ、二つと手が伸びてしまい、自制しないとあっという間になくなってしまいそうだった。

「んんー、いくらでも入るのです！」

そしてちゃっかり参加していたキーリンも、舌鼓を打っていた。

「……ねえ、キーリンの場合、ある意味、共食いじゃない？」

「もぐもぐ……美味しいからいいのですよ」

どういう理屈だ、とソーコは思った。

キーリンは宣言通り、一旦『迷いの森』に帰ったかと思えば、あっという間に森妖精の郷に戻ってきた。ただし、世界樹をグルッと回り込み、畑のある外れ、つまり生活魔術科の集まっているところにこっそりとだ。

というのも、キーリンが世界樹の力を継いだ霊樹とナチャが暴露したため、普通に戻ると森妖精達が崇めかねないからである。

「キーリン様、僕の分の世界樹の果実をどうぞ。あと、結婚してくれませんか？」

崇めつつも、言っていることは変わらないシルワリェスみたいなのも、いるが。

「荷造りも済ませましたし、食事の後片付けをしたら、出発ですよー。忘れ物には、気をつけてくださいねー」

カティ・カーが、生徒達に声を掛ける。

「カー先生、名残惜しいです。また、来年もよろしくお願いします。何なら、こちらに一生いてくれても構いませんよ」

「あ、あはは……ありがとうございます、シルワリェスさん。お世話になりました」

苦笑いを浮かべながらも、カーはシルワリェスのプロポーズを普通に流した。さすがに毎日言われ続ければ、いい加減慣れるというものだ。

「あ、ティールちゃんも、出発するみたい」

大きな羽ばたきの音に顔を上げると、リオンが指さした先には霊鳥ティールの姿があった。

ティールと共に、有翼人達も群れで飛んでいた。向かう方向は、ノースフィア魔術学院だ。

「……っていうか、ここに住むんじゃなくて、魔術学院に戻るのか？　あっちは仮だったはずなんだがなぁ」

ケニーは頭を掻きながら呟くが、少なくともティールは世界樹に未練はなさそうだった。

魔術学院の方角を眺めていると、世界樹の方から小太りの男が果実を齧りながら、こちらに歩いてきていた。デイブ・ロウ・モーリエだ。

「やれやれ、やっと挨拶が終わったぜ……疲れた……もう帰って寝てぇ……」

「大変そうだけど、代わってやることはできないなぁ、それ」

「まあ……俺様の仕事だからな。ケニー……手前に代わりを務められても、困る……」

デイブは、この地を治める王族の一員として、たまたまこの地に滞在していたという軍人や貴族を連れ、火龍ボルカノや霊獣一柱ずつに順番に挨拶に回っていたのだ。霊鳥ティールや海底女帝ティティリエには既に面識があるとはいえ、人を超えた種族を相手にごく少数で相対するのは、精神を消耗したのだろう。

回復効果があるという世界樹の果実を食べても、グッタリしていた。

デイブの話では、挨拶を終えた他の霊獣も順にこの地を去っていき、ナチャも木の上に戻ったという。

「倅を頼みますぞ、ソーコ殿！」

と、大変名残惜しそうに、オオネズミの霊獣チュウも、息子のリトノレをソーコに預け、自身の治める土地へと帰っていくのだった。

「リトノレ、ルト、キンベコ、リウケノス。勝手に動き回って、迷子になっちゃ駄目よ」

「きぅ！」「にゃ」「ブモゥ」「チキィ」

ソーコの声に、使い魔達は鳴き声で応えた。

「ボクも準備は完了しているのです！　いつでも行けるのですよー！」

元気に、キーリンが宣言する。

ポン、とカーが手を合わせた。

「では、後片付けをして、王都に帰りましょうか、皆さん」

「お疲れ様でしたー」

「まだ、終わってませんよ、ラック君⁉　ちゃんと王都に戻るまでが研修ですからね⁉」

こうして、生活魔術科の森妖精（エルフ）の郷での魔術研修が終了……するのは、王都に帰ってからだが、ひとまずは、一区切りついたのだった。

森妖精（エルフ）の郷での魔術研修が終わって、三日が経過した。

この日、ノースフィア魔術学院の学院長室にはロウシャ学院長、戦闘魔術科の科長ゴリアス・オッシ、生活魔術科の科長カティ・カーが集まった。

内容は、研修の報告会であった。

カーは用意していた大瓶を、テーブルに置いた。

瓶の中には、液体に浸された果実が浮かんでいる。

「こちら、世界樹の果実で作った果実酒です。とはいっても漬けたばかりなので、飲み頃になるのた。


にはまだまだ時間が必要ですけど」

「ふぉっふぉっふぉ、これはありがたい。こっちはドライフルーツかの」

カーは、やや大きめの袋も置いて開いていた。中に入っていた、様々な色の乾燥チップが広がった。

「世界樹の果実以外にも、森妖精(エルフ)の郷で収穫したいくつかの果物を乾燥させてあります」

「ありがたいのう。そういえば、面白い野菜も手に入れたみたいじゃの」

学院長の問いに、カーは苦笑いを浮かべた。

「あ、はい……面白いで済むかどうか、ちょっと悩むところですけれど」

世界樹が、魔術学院に送ったのはジェント産の野菜の苗や種だけではなかった。

他にも、森妖精(エルフ)の郷の野菜も送ってくれていた。

ただの野菜ではない。

飛び蹴りを放ってくる大根、ミサイルのように飛んでくるニンジン、おろそかになった足をすくいに来るジャガイモなどだ。

「珍しい話も聞いておるぞ。その育った野菜の収穫を、戦闘魔術科が手伝っておるというのは、本当かの」

「……事実です」

眉間に皺を寄せ、オッシは答えた。不機嫌そうなのは、カーに対して怒っているのではない。

森妖精(エルフ)の郷での、自分を含めた戦闘魔術科の不甲斐なさを、思い返していたからだった。

「あの野菜を相手に、私達はいいところがなかったのです。ただ、倒すだけならば生活魔術科に負けることなどありませんが、傷を付けずに収穫するとなると、これがなかなか……」

　おかげで、森妖精(エルフ)達にも、売り物にならないと叱られてしまったのだ。

「野菜を壊してしまうと、もうその場で調理するか、自分達で買い取るしかないですからねぇ……」

　その結果、オッシ達は数日間、野菜料理ばかり食べる羽目になったのだった。

　この魔術学院に戻ってから、またそうなるのは嫌なので、生徒達も必死に野菜を狩っているのだ。

　オッシが語ると、学院長は笑った。

「ふぉっふぉっふぉ、苦労しとるようじゃな」

「はい。森妖精(エルフ)の郷での野菜よりも、活きがいいぐらいですから」

「というと、あの子の仕業かの？」


　その頃、魔術学院の外れに作られた大きな畑では、ソーコが野菜相手の戦闘に一段落ついたところだった。

　そしてジロリと、切り株に腰掛けたキーリンを見た。

「……ちょっとキーリン、コイツらが森妖精(エルフ)の郷のより手強いの、アンタのせいじゃないでしょうね？」

「あはははは、気のせいなのですよ」

　スッと、キーリンは目を逸(そ)らした。

「明後日の方角見ながら言っても、説得力ないいんだけど」

「明らかに、活性化されちゃってるよねぇ」

「ぴあぁ！」

でも美味しいよ、とフラムは、リオンからもらった大根を嬉しそうに齧っていた。

「そうだね、強い分美味しいよね」

リオンの周囲にいる『白狼（ハクロー）』『玉猪（マルチヨ）』も、大根を齧っていた。森妖精（エルフ）の郷での研修で身に付けた、木の枝から呼び出した小さな精霊『木霊（エコー）』は大人しく、リオンに抱えられている。

「栄養価も高い。まあ、収穫に手こずる点さえ無視すれば、いい野菜ではあるな」

ケニーはキュウリを齧りながら、感想を呟いた。

「そうなのですよ！　だから、ボクはとてもいいことをしているはずなのです」

「やっぱりアンタが犯人じゃない！」

「ハッ、調子に乗ってつい本当のことを言ってしまったのです！」

逃げようとするキーリンの首根っこを、ソーコはつかんだ。

「……でも、このまま時間かけてると、王都の案内の時間がなくなるわね」

「チキ」

ソーコの言葉に、肩に乗った蜘蛛の霊獣ナチャの使いリウケノスが牙を鳴らす。

「きぁ!?」「にゃぅー……」「ブフゥ……」

トマトやキャベツを食べていたソーコの使い魔達、リトノレ、ルト、キンベコが顔を上げた。王都観光はまだまだ、見所がいっぱいなのだ。それが楽しめないとなると、使い魔達のテンションも下がってしまう。

そして、その元凶であるキーリンを見る目も、自然と厳しくなってしまう。

「ちょ、み、みんなそんな目で見ることないと思うのですよ⁉」

「だったら、キーリンもキリキリ働く！　他にもいろいろ作業はあるんだからね！」

「ひゃあー、ソーコさん厳しいのですよ！」

叫びながら、キーリンは畑でまだ飛び跳ねている野菜に向かって駆け出した。

「他の作業……醤油や味噌作ったり、漬物とかな……ふぁ」

ケニーが欠伸をするのを見て、リオンは心配そうな顔をした。

「ケニー君、ちゃんと睡眠はとらなきゃダメだよ」

「……奥が深いんだよ。ジェント料理」

そのせいで、ここのところ、ケニーは夜更かし気味なのだ。


カーがキーリンのことを話すと、学院長は相好を崩した。

「なるほどなるほど。オッシ君の方は、どうかね」

「はい。確実に、実力はついたと思います。ですが先ほど申した通り、まだまだ修練が足りません。どこが悪いのかが分かった分、伸びしろはありますな」

これから、さらに力を付ける必要がある、というのがオッシの結論だった。

「ふぅむ、次のイベントは何じゃったかのう。その時には、戦闘魔術科のさらに高まった力、見せてもらうぞい？」

「お任せください。そして……カー先生、負けませんからな」

じろり、とオッシはカーを睨んだ。

しかしカーには、何故オッシにライバル視されなきゃならないのか、理解できなかった。

「え、あ、は、はぁ……ですけど、ウチは、生活魔術科で……」

一応、戦闘とは無縁の魔術科である。

所属している生徒達は、いろいろとやらかすが、基本的には料理や雑事を扱っているのだ。

「ええ、カー先生が生活魔術科の科長なのは、充分存じております。しかしですな……」

オッシは今ひとつ納得がいかないのか、ソファから立ち上がった。

そして、窓際に立った。

オッシに促され、カーとロウシャ学院長も窓の外を見た。

噴水のある校庭を、これから王都観光に向かうのか、生活魔術科の一行が歩いていた。

ケニー、ソーコ、リオンの他、火龍の仔フラム、霊鳥ティールの兄コロン、ケニーが造り出したゴーレム玉のタマ、オオネズミの霊獣の仔リトノレ、剣牙虎の霊獣の仔ルト、ゴールドオックスのキンベコ、蜘蛛の霊獣ナチャの使いリウケノス、そして森妖精（エルフ）の姿を取った霊樹のキーリン……。

オッシは頬を引きつらせながら、彼らを指さした。

「……明らかに、生活魔術科は、戦力が増強されつつありませんかな？」

※この物語はフィクションです。作中に同一の名称があった場合でも、実在する人物、団体等とは一切関係ありません。
※本書は書き下ろしです。

丘野境界（おかのきょうかい）
大阪府在住。
2012年より小説投稿サイト「小説家になろう」にて執筆を開始。
本シリーズにてデビュー。

イラスト **東西**（とうざい）

生活魔術師達、世界樹に挑む
（せいかつまじゅつしたち、せかいじゅにいどむ）

2019年9月27日　第1刷発行

著者　丘野境界

発行人　蓮見清一
発行所　株式会社 宝島社
〒102-8388　東京都千代田区一番町25番地
電話：営業03（3234）4621／編集03（3239）0599
https://tkj.jp

印刷・製本　中央精版印刷株式会社

乱丁・落丁本はお取り替えいたします。
本書の無断転載・複製・放送を禁じます。
©Kyokai Okano 2019 Printed in Japan
ISBN978-4-8002-9816-4